농방의 신주

필리핀
Philippines

2631 '막탄-세부-보홀' 5박 7일 여행기

이시환

새로운 세상의 숲
신세림출판사

여행자는 언제나 마음 한구석을 비워 두라.
그래야 텅 빈 그곳에서 호기심이 고개를 들고,
감동의 물결이 일렁일 것이다.

-이시환(1957 ~   )의 아포리즘(Aphorism) 중에서

동방의 진주, 필리핀

2631 '막탄-세부-보홀' 5박 7일 여행기

머리말

　5박 7일 동안의 짧은 여행을 하고 나서 '여행기'를 써서 단행본 책자로 펴내겠다? 물론, 불가능한 일은 아니겠으나 쓴다고 해도 무엇을 얼마나 쓰겠는가? 과연, 이야기다운 이야기가 가능할까? 하지만 나는 여행에서 돌아온 후 밀린 일기(日記)를 쓰듯 정리하기 시작했다. 있었던 그대로 이야기로 치면 아마 97%에 99.99% 진실이라고 말할 수 있다. 나머지 못한 이야기 3%는 내가 현장에 없었거나 곯아떨어져서 잠자는 시간에 일어난 일일 것이다.

　언어가 다르고, 역사와 문화적 배경이 다른 나라를 자유 여행한다는 것은 그리 쉽지 않은 일이다. 여행을 떠나는, 나의 마음 상태, 여행하는 목적, 관심 분야, 지식의 정도, 경제적인 능력, 그리고 체력과 욕구 등 여러 가지 요소가 작용하고, 특히, 동행하는 이가 있다면 동행자와의 '관계(關係)'가 크게 작용한다. 더

욱이 동행자가 한둘이 아니고 다수라면 더욱 복잡해진다. 많은 변수에 의해서 여행의 의미, 방법과 절차, 만족도 등이 결정되기 때문이다.

어쨌든, 나는 고등학교 동창 같은 반원 친구 아홉 명과 함께 여행을 떠났고, 여행 중에 많이 웃고, 많이 떠들고, 적잖이 즐겼으며, 돌아와 이 여행기를 쓴다고 썼다. 이 기록도 내 저서 목록에 들어갈 수 있을지는 아직 모르겠으나 기록을 남겨 후대의 여행자들에게 도움이 되었으면 한다.

2024. 02. 02.

이 시 환

여행자는 언제나 모든 대상에 대하여 관대하고 겸손하라.

자칫, 자신의 그릇된 언행으로 불러들이는 나쁜 관계나 禍를 면하는

최선의 방책이 되어줄 것이다.

-이시환(1957 ~   )의 아포리즘(Aphorism) 중에서

들어가기

'2631'라 하면, 전북 익산시에 있는 '남성고등학교' 제26회 3학년 1반 졸업자 반원들의 모임이다. 전체 9개 반이 졸업했는데 이 가운데 1, 2, 3반이 문과이고, 나머지가 이과였다.

우리는 2년 후면, 그러니까, 2026년도에는 고등학교 졸업 50주년이 된다. 그동안 졸업 20주년, 졸업 30주년, 졸업 40주년 기념행사를 마쳤고, 이제 졸업 50주년을 맞이할 준비를 해야 한다.

반별 모임은 졸업 30주년 기념행사를 준비하면서 처음으로 만들어졌는데 '2631'는 지금까지 해외여행으로 베트남(2018), 중국(2019)에 이어서 세 번째 했는데 이 세 번째 여행지를 필리핀(2023)의 '막탄-세부-보홀' 지역으로 결정했다.

이번 필리핀 여행은, 2023년 9월 1일부터 5박 7일 동안 열 명이 참여했는데 같이한 친구로는, 김문수·김선호·박남철·이강수·이홍배·임홍락·조승봉·조용보·진창언·이시환 등 제씨이다.

이들 가운데 처음으로 참여한 사람은 박남철·조승봉 두 명이고, 세 차례 모두 참여한 사람은 임홍락·진창언·김문수·이시환 등 네 명이다. 나머지 김선호·조용보·이강수·이홍배 등 네 사람은 두 차례 참여했다. '여행도 하는 사람이 한다'는 평범한 사실을 말해주는 듯하다. 우리 반은 예순세 명 졸업했는데 이미 고인(故人)이 된 사람이 아홉 명이나 된다. 현재 카톡으로 연락 가능한 사람은 서른세 명이다.

우리의 여행계획은 여행 경험이 많은 이시환이 도맡아 짰고, 100% 자유여행이었다. 여행 시작부터 끝까지 독자적인 계획하에 진행되었다. 그러니까, 항공권 발권부터 호텔예약, 탐방할 곳 선정, 이동수단, 식사, 기타 시간 사용 계획까지 일체를 우리가 알아서 기획한 셈이다. 물론, 많은 시간과 노력이 요구되는 일이었다. 실제로 꼬박 한 달 이상 연구해야 했다. 특히, 가이드 없이 여행하기에 탐방할 곳에 대한 객관적인 정보를 미리 확인, 취합·정리해야 했다. 그래서 우리는 여러 종의 가이더 북을 참조하고, 필리핀 관광청(부) 홈페이지 등에 소개된 정보들을 분석하듯 참고하여 소책자를 만들어 갔다. 나름, 빈틈

없이 계획을 세운다고 세웠어
도 현지에서는 변수가 많아 시
행착오를 겪게 마련이다. 이번
여행에서도 시행착오가 없지는
않았다.

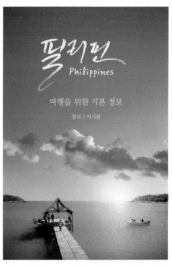

예를 들자면, 'Top Hill'이라
명명된 높은 언덕을 일몰에 맞
추어 가서 세부 시내 전경을 내
려다보아야 했는데 그러지 못
하고 다음 날 오후에 갔으나 대
대적인 공사 중이어서 그 정점

15×22.5cm 크기, 칼라, 44쪽 분량
의 소책자로 제작해서 여행자에게 한
권씩 나누어 준 책의 앞 표지임

에 올라서지도 못했다. '공사 중'이라는 현지 사정을 알지 못해
계산해 넣지 못한 것이다. 그러나 꼭 가보겠다고 정한 곳을 직
접 가서 확인했다는 사실로 만족해야 했다.

이처럼 돌출 변수가 있는 여행을 독자적으로 기획, 감행하면
서 느끼고 경험했던 일들 가운데, 그래도 잊을 수 없는 내용을
중심으로 얘기하되, 가능한 한 있었던 여행 과정 그대로를 차
례로 소개해볼까 한다. 훗날, 우리 뒤를 이어서 여행하는 친구
들에게 직간접으로 도움이 될 수 있고, 여행을 함께 한 여행자
들이 추억을 되새길 수도 있으며, 현실적인 여건으로 함께하지
못한 친구들의 간접여행을 위해서도 필요하기 때문이다.

여행 첫날 출국과 필리핀
막탄세부국제공항 입국 당일 표정

아침 8시 30분 발 필리핀항공을 타기 위해서 우리는 두 시간 전인 6시 30분까지 인천국제공항 제1터미널에서 만나기로 약속했다. 전북 익산과 전주에서 올라오는 친구들이 먼저 와 있었고, 공항 가까이 사는 사람들은 약속된 시간이 다 되어서야 나타났다. 물론, 그 사이 '혹시나' 하는 마음에서 전화를 걸어서 오는 길의 현 위치를 묻곤 했었다. 그러나 약속된 시간인 6시 30분이 되니 모두 나타났다. 하지만 이때는 체크인하는 사람들로 줄을 길게 서야 했다. 우리는 비교적 줄이 짧은 온라인 체크인한 사람들이 서는 줄에 서서 좌석을 지정받고, 가방을 화물로 부칠 사람은 부치는 등의 절차를 밟았다. 그런데 '김문수' 탑승권에 '에러'가 떴다. 나는 발권자(發券者)로서 조마조마해졌다. 혹시, 여권 기재 내용을 잘못 표기했나 싶어졌기 때문이다. 여권에 기재된 이름, 생년월일, 여권만료 기간 등이 잘못 표기되면 문제가 발생한다. 그래서 발권 시에 주의가 요구되는데 나의 실수가 아닌가 싶었기 때문이다.

그러나 다행히 그런 문제는 아니었다. 'MOON SOO KIM'
이라는 동명이인(同名異人)이 있었던 모양인데 항공사 직원의 실
수로 확인되었다. '에러'를 확인하는 과정에서 많은 시간이 소
요되었다. 그래서 부랴부랴 서둘러 보안검사 및 출국심사를 받
아야만 했다. 결과적으로, 우리는 뿔뿔이 흩어지게 되었고, 탑
승 게이트 앞에서 다시 만나야 했다. 탑승은 시작되었는데 일
행이 모두 왔는지 확인되지 않아서 탑승할 수가 없었다. 일행
이 모두 왔음을 확인하고서야 비로소 탑승할 수 있었다. 여행
시작부터 소동 아닌 소동이 벌어진 셈이다.

우리는 공항에서 기념사진 한 장 찍지 못하고 모두 탑승했고,
뿔뿔이 흩어진 자리에 앉아서 기내식 아침 식사를 하고, 약간
의 인내심을 발휘해야 했다. 비행시간 4시간이면 화장실을 한
차례 갈 수도 있고, 안 갈 수도 있는 시간이기 때문이다. 대개,
나이 60대 중반을 넘기면 전립선 비대로 소변 보는 횟수가 잦
다. 알아서 탑승 전에 소변을 보고, 기내에서 맥주 마시는 일을
피하지만 그래도 신경 쓰이는 일 가운데 하나이다.

우리 시간보다 1시간 느린 필리핀 현지 시간으로 12시 20분
경에 막탄세부국제공항에 도착해 입국절차를 밟았다. 걸음이
빠른 사람과 느린 사람이 있고, 화장실을 가는 사람과 안 가는

막탄세부국제공항 : 주차장에서 바라본 모습

TAXI BAY

막탄세부공항 택시 승강장

사람 등이 있어 입
국심사도 다 같이
받지 못하고 각자
알아서 받게 되
었다. 비자 없
이 입국하는
나라이니까
상 관 없 는
일이다 보니,
일곱 명은 먼저 나왔
고, 그 일부는 공항 내
환전소에서 환전(換
錢)까지 마치었다.
그런데 박남철,
조승봉, 김문수
등 세 사람이
나오질 않는
다. 모두 키
가 큰 사람
들이다. 혹
시, 부친 화물을 찾지 못
했나? 입국절차에 무슨 문제가 발생했나?
환전까지 마친 나는 걱정이 되었다. 조마조마한 마음으로 기다리는데 급기야, 김문수로부터 전화가 걸려왔다. 빨리 올라와 보라는 것이다. 세관검사까지 다 마치고 나온 사람이 다시 들어가기 위해 사정을 설명하고 허락을 득해야 했다. 내가 2층으로 계단으로 걸어 올라가니 -내려오는 사람은 에스컬레이터를 타고 내려오지만 올라가는 사람은 계단으로 올라가야 했다- 그때는 세 사람이 막 걸어 나오는 중이었다. 지연된 이유를 물으니 「e-travel QR코드」가 없어서 붙잡혔다는 것이다. 사실, 아무 일 없이 먼저 나온 조용보, 김선호, 진창언, 이강수 등도 QR코드를 발급받지 않은 것은 매 마찬가지였는데 하필, 세 사람만 붙잡혀 전자입국카드를 개개인의 핸드폰으로 작성하느라 늦었던 것이었다. 말도 잘 통하지 않았을 텐데 얼마나 애먹었을까 생각하니 웃음이 절로 났다.

어쨌든, 우리는 3, 40분 지연되어 나온 세 사람과 합류하여 예약된 호텔로 먼저 가서 체크인부터 하고, 짐을 풀고, 점심을 먹고 난 뒤에 계획된 여행을 해도 해야 한다는 생각이 들었다. '금강산도 식후경이라' 하지 않았던가. 게다가, 평균 나이 66세로 나이가 많은 사람들이지 않은가!

eTravel QR코드에 관하여

필리핀 여행자의 비즈니스 용이성과 정부의 효율적인 서비스를 제공하기 위하여 과거 종이에 인쇄된 입국카드 기재를 폐지하고, 전자 양식에 관련 내용을 기재하여 받는QR코드이다. 간단히 말하면, 예전의 입국카드에 기재했던 내용을 전자 양식에 기재하되 조금 더 세분되었다는 점이 다르고, 이를 여행 예정자로부터 미리 받음으로써 통합관리하는 시스템이 바뀐 것이다. 전자 양식은 필리핀 관광부 홈페이지에 접속하여 내려받으면 되고, 그 양식에 맞추어서 여행자 이름, 여권번호, 국적, 생년월일, 주소, 핸드폰 번호, 여행목적, 체류지 주소, 예매된 편명, 도착시간 등을 영문으로 기재하여 제출하면 이를 QR코드로 전환하여 발급해 준다. 이 QR코드를 자신의 핸드폰에 저장하거나 프린트해서 필리핀 입국할 때 제시하면 된다.

막탄세부국제공항에서
예약된 호텔로 이동하기

열 명의 여행자가 모두 공황을 빠져나왔음을 재확인했으니 열 명이 탈 수 있는 차를 불러야 하는데 나는 '그랩(Grab)'이 유용하다고 해서 막상 켜보니 음식 주문이 주류이고, 택시 등을 부를 수 있는 정도의 기능을 갖는 앱이었다. 사실, 말레이시아를 여행할 때는 이 '그랩'으로 택시를 즐겨 이용했었는데 사람이 열 명이나 되다 보니 전혀 도움이 되지 못했다. 그래서 미련 없이 접어두고, '열 명이 탈 수 있는 큰 차를 어디서 타야 하느냐?'라고, 주차장 가에 서 있는 제복 입은 사람에게 물으니 '저쪽으로 가라' 한다. 그의 말을 듣고 곧장 그쪽으로 걸어갔다. 가다 보니 한 여인이 '어디 가느냐?'라고 묻는다. '퀘스트 앤 컨퍼런스 호텔 세부'라고 했더니 자기를 따라오라면서 어딘가로 무전을 치는 것 같았다. 그녀의 손에 들린 장부에는 무언가가 기록되기도 했다. 그녀는 공항에서 나오는 사람들에게 행선지(行先地)를 묻고, 차량을 불러주는 사람이었다. 그녀가 기다리

Galaxy S23

우리가 앉아 대화를 나누곤 했던 호텔 레스토랑 앞 로비 지정석(?) :
좌로부터 이홍배 조승봉 박남철 김선호 이시환 조용보 김문수 임홍락 제씨의 모습

라는 곳에서 한 5분 정도 기다리니, 현지에서 '벤'이라 불리는, 우리의 봉고차 같은 수준의 차가 왔다. 여행자 가방 열 개를 뒤에 차곡차곡 싣고, 열 명이 타려니 운전기사 옆 조수석에 두 사람이 타야 하는 정도의 차량이었다. 여행자로서는 썩 유쾌하지는 않았으나 이것이 현지 사정이겠거니 하고 묵묵히 갈 수밖에 없었다.

마침내, 차가 움직이기 시작하고, 막탄섬과 세부섬을 잇는 다리를 건너 시내 중심부를 향해 갔다. 날씨는 무덥고, 차량은 비좁고, 거리의 풍경은 우리의 70년대 말이나 80년대 초 풍경을 떠올리게 했다. 주요소도 보이긴 하나 낡았고, 길거리의 상점들도 판자촌 같은 인상을 주는 구역도 있었다. 집집에서 버려

박남철 씨가 친구들에게 선물로 준 10달러를 봉투에서 꺼내 침대 위에 펼쳐놓고
찍은 사진임

지는 생활하수가 길거리로 흘러나오는 듯 보이기도 했다. 좁은
도로에는 차량과 오토바이 등이 뒤엉켜 더디게 가고 있다. 이
런 모습을 보면서, 이 나라는 할 일이 매우 많다는 생각이 들기
도 했다. 물론, 일하고 싶어도 못할 때가 있다. 재정적인 지원
이 뒷받침해 주지 못하면 좋은 정책이나 아이디어를 갖고도 실
현하지 못하니 말이다. 그래서 재정을 확보하려면 국민으로 하
여금 경제적인 활동을 왕성히 하도록 이끌고, 세금을 잘 내도
록 해야 한다. 이런 의미에서 필리핀의 이곳 세부는 할 일이 많
아 보였던 게 사실이다.

　우리를 태운 차량은 좁은 길과 너른 길을 왔다 갔다 하면서
상대적으로 높은 빌딩이 모여있는 시내 중심부로 들어섰다. 도

로가 조금씩 넓어지고 포장상태도 좀 나아 보였다. 드디어, 내가 두 번 세 번 바꿔가면서 예약한, 3성급 호텔이지만 꽤 유명한 「퀘스트호텔 앤 컨퍼런스 센타 세부」에 도착했다.

도착하자마자, 나는 예약서류를 꺼내 체크인하고, 아침 식사를 포함해 달라는 내용으로 변경하여 체크인하는데 시간이 좀 걸렸다. 일행은 로비에 서 있거나 앉아 있었다. 다소, 초라해 보이는 호텔을 보고 실망했을 것 같다는 생각도 들었다. 그러나 그런 생각도 잠시, 눈 뜨면 아침 식사하고 시내 관광을 떠나야 하는데 화려한 호텔에 묵을 이유가 없음을 곧 이해하게 될 것이다. 이뿐만 아니라, 호텔 내에 있는 수영장이나 체육시설을 이용할 시간조차, 아니, 여유조차 내지 못할 것이 분명하기 때문이다.

우리는 이미 둘씩 배정된 다섯 쌍에게 키를 나눠주고, 들어가 손과 얼굴을 씻은 후, 로비에서 오후 3시에 다시 만나기로 약속했다. 먹지 못한 점심을 최우선으로 해결해야 했기 때문이다.

오후 3시가 되자 모두 로비로 나왔고, 소파에 잠시 둘러앉아 얘기하는 기회가 주어졌다. 그런데 돌연, 박남철 씨가 친구들에게 할 말이 있다며, 친구들에게 시간을 할애받아 말하기 시작했다. 물론, 룸메이트인 내게는 사전 언급이 있었지만, 그의 얘기인즉 "니는 2631를 너무너무 사랑한다. 오늘, 이 자리에 참석한 친구들을 위해서 자그만 선물 하나씩을 준비했다."라고 전제하면서 작은 봉투를 내밀며, 일일이 호명하면서 하나씩 건네주는 것이 아닌가! 그 봉투 겉면에는 한 사람 한 사람 아홉 사람의 이름이 적혀 있었고, 그 밑으로는,

* 꿈과 행복이 넘치는 여행 되세요!
* 건강과 행복이 넘치는 여행이 되세요!
* 감사하고, 행복한 여행이 되세요!

등의 세 가지 문구가 하나씩 쓰여 있었으며, 그 속에는 1달러짜리 지폐가 새것으로 열 장씩 들어있었다. 박남철 씨의 마음이 고스란히 읽히는 순간이었다. 아니, 어디서 새 돈 1달러짜리 지폐를 100장가량 구했을까? 아마도, 애를 먹었을 것 같다는 생각이 들었다. 나중에 들은 이야기이지만, 거래 은행의 큰 고객이 아니면 이런 서비스를 받기 어려운데 사정사정 통사정해서 어렵사리 구했다고 했다. 우리는 뭉클한 가슴으로 박남철 씨에게 감사하는 마음을 일제히 박수로써 전하고, 인근 500m 반경 안에 있는 '아얄라 센터(Ayala Center)'로 늦은 점심 겸 저녁 식사를 하자며 발걸음을 옮겼다.

세부 아얄라 센터(Ayala Center)에서
첫 식사

'아얄라 센터(Ayala Center)'는 필리핀 수도 마닐라에도 있지만, 이곳 세부 시에도 있다. 겉보기에는 건물이 높지 않아 작아보이지만 엄청나게 크다. 크다는 것은 차지하는 면적이 넓다는 뜻이다. 그래서 건물 밖 어디에서 보든 아얄라 센터의 한쪽 면을 보는 것이다. 따라서 출입구가 사방에 나 있다. 들어가서 보면 더욱 복잡하고 커 보인다. 층별 구분과 방향감각을 잘 살려야 하고, 중앙에는 야외정원이 있으며, 그 정원을 빙 둘러서 테라스 같은 건물에는 각종 음식점이 줄지어 있다. 물론, 음식점이 이곳에만 모여있는 것은 아니다. 젊은이들이 자주 가는 햄버거 치킨 등 유명 매장도 건물 안에서 산책하듯 걷다 보면 어렵지 않게 만날 수 있다. 전체적으로 보면, 백화점 같기도 하고, 초대형 종합 쇼핑몰 같기도 하고, 환전소·여행사·오락실·어린이 놀이터·바 등 다종다양한 업소가 복합적으로 모여있는 멀티 공간임에는 틀림이 없어 보인다.

아얄라 센터(Ayala Center) 중앙 정원의 봄철 모습 : 이곳 정원을 방 둘러 다양한 음식점이 있다.

　　그러나 정작 무엇이 필요해서 찾아가기란 쉽지 않다. 내가 여행사를 찾는 데에도, 환전소를 찾아가는 데에도 물어물어 가야 했다. 한 번 들어가서 같은 곳으로 나오기도 쉽지 않다. 건물 내부에 층별 구조와 상점 등을 구분해서 한눈에 볼 수 있는 요도와 방향 표시가 없어 길을 헤매기 쉽다. 우리 일행들도 안에서 헤매는 경우가 적지 않았다.

　　어쨌든, 우리는 이 '아얄라 센터(Ayala Center)'에 있을 레스토랑에서 식사하기 위해, 차량이 질주하는 도로를 눈치껏 가로질러 시외버스 정류장을 끼고 반지하로 걸어 나와 아얄라 센터 출입문 가운데 한 곳으로 걸어 들어갔다. 이곳이 초행인 사람들에게는 레스토랑 찾기가 쉽지 않을 것이다. 우리는 센터 내

아얄라 센터(Ayala Center) 한 레스토랑에서 늦은 점심으로 비프스테이크를 먹기 위해 모여 앉은 친구들의 밝은 모습 : 좌, 앞에서부터 뒤로 진창언·조승봉·이강수·이홍배·이시환 우, 앞에서부터 뒤로 김선호·김문수·조용보·임홍락·박남철 제씨가 삼미구엘 맥주병을 들고 건배하기 전의 모습

부를 걸으면서 '무엇이 먹고 싶은가?'라고 묻자, 김선호 씨는
대뜸 '여행 중에는 잘 먹어야 한다'며 '비프스테이크를 먹자'라
고 제안했다. 나는 얼른 이곳에서 비프스테이크를 파는 레스토
랑을 찾으면 가서 먹자고 응했고, 친구들은 하나같이 눈을 크
게 뜨고 이리저리 눈을 굴리며 레스토랑을 찾아 나섰다. 중앙
의 야외정원까지 나와서 찾아보았으나 마땅한 곳이 없어 보였
다. 날씨는 덥고 짜증까지 나는 상황이 되었는데 누군가가 '아,
저기 있다!'라고 말했다. 그곳을 바라보니 레스토랑 앞에 세워
진 현수막에 보기 좋게 비프스테이크가 그려져 있었다. 우리는
지체하지 않고 그 집으로 들어갔다. 마침, 손님이 한 팀뿐이었
고, 테이블을 붙이면 우리 열 명이 마주 앉아서 식사하기에 나

아얄라 센터 내에 있는 한 레스토랑에서 우리가 먹은 스테이크

쓰지 않아 보였다. 내부 시설은 깨끗했고, 실내장식도 그런대로 좋아 보였다.

우리는 자유스럽게 메뉴판을 보면서 대다수는 비프스테이크를 주문했다. 한두 사람은 유사하지만, 돼지고기와 닭고기가 함께 나오는 요리를 시키기도 했다. 스테이크가 나오는 걸 보니 양도 푸짐해 보였다. 색깔이 있는 완두콩과 감자, 옥수수, 당근도 얹혀 있었다. 그리고 소스도 별도로 나왔다. 일단, 겉보기에는 그럴듯해 보였다. 이제 맛만 있으면 된다고 생각했다.

Ayala Center-cebu, 이홍배·이강수 씨

그리고 친구들의 기분도 고려하여 각 1병씩의 시원한 삼미구엘 맥주를 시켰다. 우리는 다 같이 건배를 외치며 즐겁게 식사를 했다.

그러나 비프스테이크는 너무너무 질겼다. 무슨 놈의 소고기가 이렇게도 질긴가? 하도 의심스러워 메뉴판을 다시 들여다보았다. 소고기는 분명, 미국산이라고 표기되어 있었다. 우리가 서울에서 호텔이나 스테이크 전문점에서, 하다못해 아웃백에서 먹는 등심이나 안심 스테이크와는 비교 대상이 되지 못했

Ayala Center-cebu, 박남철·임홍락·조용보 씨

다. 나는 개인적으로 이렇게 질긴 소고기는 난생처음 먹어보았
다. 그러함에도 불구하고, 시장이 반찬이라서 그런지 놀랍게도
모두가 맛있게 먹었다. 시원한 삼미구엘 맥주도 한 병씩 더 돌
아갔다. 그런데 이홍배 씨 가방에서 돌연 종이 팩 소주가 나왔
고, 우리는 맥주에 그 소주를 조금씩 타 마셨다. 서울에서 필리
핀 세부로 날아와서 먹는 첫 식사인데 양적으로나마 푸짐하고,
시원한 맥주에 소주까지 타 마시니 우선은 마음이 느긋해지는
것 같았다. 게다가, 우리만의 즐거운 여행을 기원하며 일일이
돌아가면서 한마디씩 덕담을 말하는 기회까지 주어졌으니 여
기가 이국땅인지 서울에서의 반창회 모습인지 분간되지 않았
으리라 본다.

　우리는 허기를 채우는 면도 없지 않았으나 외국에 있는 낯선
한 식당에서 이처럼 편안하게 음식을 즐기는 것만으로도 마음
의 여유가 생겼던 것 같았다. 우리는 천천히 고기를 씹었고, 맥
주를 즐겼으며, 서울에서 공수된, 이홍배 씨의 소주가 양념처
럼 한 몫 거들었다. 그러는 와중에도 누구는 건강을 생각하며
과일주스까지 챙겨 마셨다. 이 순간의 분위기로 보면, 안될 일
이 없어 보였다. 기분도 좋고, 분위기도 더없이 좋고, 여행 왔
으니 마땅히 즐겨야지 않겠는가!

　이렇게 식사를 마치고 보니, 오늘 계획되었던 여행은 포기해
야 했다. 어차피, 내일 시티 투어를 하기로 되어있는데 그 일정

이 다 소화되면 오늘 못 갔던 두 곳을 가리라 생각하고, 나는
이 시간 이후는 자유시간임을 선언했다. 친구들은 자연스럽게
아얄라 센터 구경도 하면서 숙소로 걸어갔다. 일부는 지하 식
료품 가게에 들러 과일도 사고 술도 사기도 했다. 사실, 이 아
얄라 센터는 세부에서 네 번째 관광지이다. 세부에 온 외국 사
람들은 거의 누구나 이곳 아얄라 몰에서 쇼핑도 하고 자유시간
을 즐긴다. 그래서인지 물가는 결코, 싸지 않다. 과일값은 서울
이나 비슷한 수준이다.

　나는 환전했고, 여행사를 묻고 물어서 찾아가 모레 아침 보홀
섬으로 가는 「오션 젯」표를 예매하였다. 말은 이렇게 쉽고 간
단하게 하는데 사실, 표 예매도 근 한 시간이 걸렸다. 먼저 온
사람의 일을 끝내고 나의 예약 건을 처리하는데 일일이 자리를
정하고 탑승자 이름 생년월일 여권번호 등을 기재해야 했고,
또한 보홀에서 세부로 돌아오는 표도 함께 끊어야 했기에 더욱
그랬다. 돌아오는 배편은 원래 내가 원했던 시간보다 한 시간
뒤에 출발하는 것으로 바뀌었다. 자리가 없었기 때문이다. 그
래서 나는 속으로 예매하기를 잘 했다고 생각했고, 내 핸드폰
의 메모장과 프린트물로 여행자 열 명의 이름과 여권번호, 생
년월일 등을 정리해온 것이 있었기에 예매가 여권 없이 가능했
다. 나는 속으로 나의 판단이 옳았구나 했고, 만약 준비해 두지
않았다면 친구들의 여권을 일일이 받아와야 하는 소동을 벌일
판이었다. 나는 홀로 미소지었다.

나는 환전과 오션 젯 예매로 친구들보다 늦게 숙소에 도착했다. 진창언 씨가 환전하는 데에 곁에서 지켜보아 주었고, 티켓 예매하는데 곁에 있었다. 낯선 곳에서 곁에 서 있어 주는 것만으로도 크게 도움이 되었다. 실수도 방지할 수 있고, 혹시 있을 수 있는 도난이나 신변 보호에도 도움이 된다고 느꼈다. 그래서 내심 친구가 고마웠다.

여하튼, 우리는 어렵게 숙소로 돌아왔고, 각자의 방으로 들어가 쉬려 하니 숙소로 돌아오지 않은 친구도 있고, 술을 마시며 대화의 장을 마련한 친구도 있었다. 나도 박남철 씨와 함께 임홍락·조용보 조(組)의 방으로 불려갔다. 술상이 차려져 있었다. 필리핀이 자랑하는 삼미구엘 맥주와 필리핀 역사와 전통을 자랑한다는 럼주 '탄두아이(Tanduay)'가 있었다. 상점에서 사 온 달짝지근한 과자류와 임홍락 씨가 집에서부터 가져온 '누룽지' 등이 주 안주였다.

우리는 여행 첫날 밤, 저녁 식사까지 모든 일정을 마치고, 늦은 시간에 피곤한 줄도 모른 채 평소 풍류가 넘치는 임홍락 씨의 방에서 시원한 삼미구엘 맥주로 입가심하고, 탄두아이 럼주를 몇 잔씩 마셨다. 사실, 이곳에 여행 오면, 꼭 맛보아야 할 음식으로 확인한 목록 속에는 이 '탄두아이'도 들어있었다. 이 외에도 망고 아이스크림·깔라만시 주스·참치 머리 고기·레촌(새끼돼지 바비큐), 새우가 주재료인 스페인 요리인 감바스(Gambas)·

온갖 야채, 버섯, 닭고기 등으로 만들어지는 찹 수이(Chop suey) 등이 포함되어 있었다.

다음 날 아침, 호텔 내 레스토랑 뷔페 식사시간에 후문으로 들은 바이지만 누구는 새벽에 들어왔다느니, 또 누구는 늦은 시간 거리에서 만난 젊은 여인과 대화하며 2차, 3차 술을 함께 마셨다느니 하는 친구도 있었다. 신작 소설을 쓰는 것인지 알 수 없는 일이었으나 분명, 아침 식탁에서의 대화는 그랬다. 레스토랑 안에 길게 반원을 그리며 진열된 수십여 종의 음식들을 다 들여다보지도 못한 채 우리는 간밤에 발생한 친구들의 뉴스에 귀를 기울이고 있었다.

그러나 식사는 천천히! 평소에 먹어보지 못한, 낯선 음식을 중심으로 조금씩 맛보듯 즐기려면 최소 90분 정도는 할애해야 한다. 정말, 맛있는 음식을 놓고도 몰라서 먹지 못하는 경우는 비일비재(非一非再)! 음식을 먹는 일에서도 미각을 곤두세우고 탐구 정신이 발휘되어야 함을 느끼는데 늙은 몸이 따라주지 않는 것은 슬프다! 그래, 여행도 할 수 있을 때 하시라!

여행 둘째 날의 세부 시티 투어

나는 아침 식사를 친구들보다 일찍 하고, 호텔 직원에게 부탁하여 오늘 하루 시티 투어를 같이할 차량을 부탁했다. 직원은 걱정하지 말라며, 좋은 차량을 착한 운전수와 함께 섭외해 주었다. 오전 10시까지 호텔 앞으로 오기로 약속받았고, 나는 그의 말을 믿고서 친구들에게 10시에 오는 '벤'을 타고 호텔에서 출발한다고 카톡방에 공지했다. 친구들은 아침 식사를 마치고 10시까지 모두 로비 '우리만의 지정석'으로 나왔다. 소파에 앉아 어젯밤에 있었던 이야기들을 주고받으며 간단히 오늘 일정을 소개했다. 사실, 출국 전에 나눠준 여행 일정표에 있는 내용이지만 친구들에겐 문서보다는 지금 하는 말이 언제나 중요했다.

우리는 약속된 시간보다 조금 늦게 도착한, 깨끗한 벤으로 올라탔다. 짐을 싣지 않으니 그렇게 비좁지는 않았다. 친구들은 나를 돌연 '캡틴'이라 부르며, 열과 성을 다해서 일해 달라는 뜻이었겠지만 지난밤의 좋은 분위기를 이어가려고 했다. 나는 일정표에 기록된 대로 먼저 운전 기사에게 가야 할 곳들을 설명했다. ①레아신전(Temple of Leah), ②도교사원(Taoist Temple), ③세부역사기념비(Heritage of Cebu monument), ④수보구 박물관(Sugbo Museum), ⑤산 페드로 성(Fort San Pedro), ⑥마젤란 십자가(Magellan's Cross), ⑦산토니뇨 성당(Basilica Minore Del Santonino) 등을 꼭꼭 찍어 말했다. 운전기사는 잘 알았다면서 그 순서를 재정리해 말해주었다. 물론, 내게 시내 지도가 있었다면 알아서 그 순서까지도 정해 주었겠으나 그놈의 지도 한 장을 구할 수가 없었다. 보통은 공항에 도착하자마자 여행자 안내센터가 있어서 그곳에서 시내 지도를 구하는데 이곳 세부에는 없었다. 그리고 여행사에서 보홀섬 가는 배편 티켓 예매할 때 한 장 얻으려고 했었는데 정작 그날은 까맣게 잊고 있었다. 물론, 컴퓨터나 핸드폰으로 구글 지도를 펴 일일이 사전 체크할 수는 있는데 그렇게까지는 하고 싶지 않았다. 그래서 현지 사정에 밝은, 그리고 경제원칙을 지킬 수밖에 없는 운전기사의 말대로 가는 것이 옳다고 생각했다. 우리는 아주 가볍게 동선(動線)을 합의하고, 산뜻하게 출발할 수 있었다. 예감이 좋았다. 일이 순조롭게 풀리려니 척척 맞아 떨어지는 것 같았다.

제일 먼저 간 곳이 '레아신전(Temple of Leah)'이었다. 레아신전은 '테오도리코'라는 사람이 아내인 '레아'를 위해 1914년

얼핏 보면, 그리스 아크로폴리스에 있는 파로테논 신전 앞에서 기념사진을 찍은 것 같은 생각이 들지만 필리핀 세부에 있는 '레아신전'이다. 뜨거운 햇살 속에서 기념사진부터 찍고 자유스럽게 구석구석 살펴보았다.

에 지은 건축물로, 고대 그리스 파르테논 신전의 겉모양을 본떠 만든 건축물이다. '데오도리코'는 아내를 얼마나 사랑했으면, 그리고 얼마나 부자였으면 산의 8, 9부 정도 되는, 높은 곳에 택지를 조성하고, 막대한 경비가 드는, 그것도 신전 모양으로 석조 건축물을 지었을까? 잠시 생각해보게 한다.

신전 안으로 들어가면 1층 정면 중앙 뒤쪽으로 1.5층 높이에 아내의 황금색 흉상이 세워져 있고, 2층으로 올라가는 좌우 양쪽 계단이 있다. 그리고 아래 지하층에는 연회 공간이 확보되어 있다. 그리고 레아 신전 앞 광장에는 세부 시내를 한눈에 내려다볼 수 있는 너른 공간이 확보되어 있다. 우리도 이 광장에서 단체 사진을 찍었다. 솔직히 말해, 나는 그리스 아크로폴리스를 샅샅이 뒤지다시피 오래 전에 구경했기에 그 가운데 하나인 파르테논 신전 모양의 건물을 보고 크게 놀라운 일은 되지 못했다. 그렇다고, 친구들에게 그런 말을 할 수는 없었다. 나의 두 번째 여행기 『산책』(2010. 292쪽, 신세림출판사)을 보면 되니까 말이다.

2010년 6월에 신세림출판사에서 발행된 이시환의 지중해 연안국 여행기 『산책』(신국판, 292쪽) 앞표지

두 번째로 간 곳이 '도교사원(Taoist Temple)'이다. 세부 Beverly Hills에 자리한 이 도교사원은, 천주교인이 대부분인 필리핀에서 매우 드물게 볼 수 있는 사원으로, 조경(造景)이 잘 되어있는 곳이라고 필리핀 관광부 홈페이지에서 짧게 소개했다.

앞의 사진들을 보고 누가 이곳을 필리핀이라고 말하겠는가? 청룡이 수호신처럼 3층 팔각지붕 건물을 지키고 있는 분위기가 자체가 영락없는 중국 같고, 도교(道敎)를 믿는 중국인의 마인드가 반영되었음을 느끼게 한다.

'도교(道敎)'라 하면 의당, 중국을 떠올리게 마련인데 필리핀의 세부섬에 도교 사원이 있다 하니 그 자체만으로도 궁금증을 더해준다. 그것도 관광할만한 곳으로 알려져 있으니 말이다. 그만큼, 이곳 사람들이 널리 도교를 믿는다는 말인가? 그렇다면, 중국계 필리핀인이 그만큼 많다는 뜻일 것이다.

2013년 필리핀 상원의 자료에 따르면, 그러니까, 십 년 전 자료이지만 필리핀 인구 중 약 135만 명의 중국인이 거주하고 있으며, 중국계 필리핀인이 2,280만 명을 차지하고 있다고 했다. 그리고 역사를 거슬러 올라가 보면, 필리핀으로의 중국인 이민은 16세기에서 19세기 사이에 스페인의 식민지화 기간에 주로 일어났으며, 마닐라 갤리온의 유리한 무역에 이끌렸다고 전해진다.

중국계 필리핀인은 잘 확립된 중산층이며, 필리핀 사회의 모든 계층에서 잘 대표되며, 필리핀 사업 부문에서 주도적인 역할을 하고 있고, 오늘날 필리핀 경제를 지배하고 있다고 해도 과언이 아닐 정도라 한다. 이 같은 판단에는 객관적인 데이터가 제시되어야겠지만 거꾸로 생각해보면, 필리핀 세부섬에 도교 사원이 있다는 것 자체가 중국계 필리핀인이 많다고 볼 수는 있다. 그리고 경제적인 뒷받침이 없다면 어떻게 아름다운 사원을 지어 유지 관리해오겠는가?

우리는 2023년 9월 2일에 이곳을 방문했는데 검문소 같은 체크 포인트(Check Point)를 지나 사원 입구 크지 않은 주차장에 들어서자 관리원들이 상주하고 있었고, 때아닌 마스크 쓰기를 요구하고 있었다. 우리는 하는 수 없이 무더운 날씨에 마스크를 착용하고, 가파른 계단을 통해 사원 안으로 조심스레 올라갔다.

한자(漢字)로 표기된, '주련(柱聯:기둥이나 벽 따위에 장식 삼아서 세로로 써 붙이는 글씨)'이 눈에 들어왔고, 그 가운데 「乾坤(건곤)」이라는 단어가 먼저 눈에 들어온다. 지난 3년 동안 내가 『주역(周易)』[오늘날 우리은 '주역'이라고 하는 책은, 공자(孔子) 이후에 체계를 갖추었다고 보아도 2,500년 전 고서(古書)인데 공자가 찬미한 이후로 중국 육경(六經) 곧 시(詩)·서(書)·예(禮)·역(易)·악(樂)·춘추(春秋) 가운데 으뜸으로 치는 경전] 속에서 살았으니 그도 당연한 일이다. 구석구석이 깨끗하게 단장되어 있었고, 무엇보다도 주변 정원이 아름답게 조성되어 있었다. 비록, 가파른 산비탈에 세워져 공사하는 데에 제한받았겠지만, 이곳에서 아래 계곡으로 조성된 신축 주택가가 훤히 내려다보이는 '길지(吉地)'로 여겼던 것 같았다.

이곳을 상징하는 '용(龍)'이 팔각지붕 모서리마다 세워져 있고, 사진에서 보듯이 높은 곳에 세워진 사원의 주변 경관도 화초와 나무 등으로 아름답게 꾸며져 있었다. 그리고 본당에 모셔진 주신(主神)이 누구인지는 모르겠으나 마치 아래 세상을 내려다보는 듯 가장 전망 좋은 곳에 있었다는 점은 사실로 받아들여도 될 성싶다. [도교사원에서 찍은 단체 사진과 경관 등 이미지 삽입]

세 번째로 간 곳이 '세부역사기념비(Heritage of Cebu monument)'였다. 세부역사기념비로 가는 도중에 김선호 씨가 길거리 야자수 열매를 파는 상점을 보고 우리도 저것을 한 통씩 마셨으면 한다고 제안했다. 어려운 일이 아니기에 운전

세부역사기념비 앞에서 자세를 취한 박남철·김문수·조용보·이홍배·이강수·임홍락 제씨의 모습

기사에게 그 말을 전하자, 운전기사는 알았다며 어느 노파가
하는 길거리 야자수 열매 파는 지점에 차를 세웠다. 잘 알고 지
내는 사이 같았다. 우리는 일제히 차에서 내려 차례차례 야자
수 열매를 골랐고, 구멍 낸 야자 열매에 빨대를 꽂아 그 자리에
서서 과수를 마셨다. 야자수 열매는 크기가 비슷비슷하지만 조
금씩 차이가 있다. 그리고 조금 누렇게 변한, 그러니까 익은 것
도 있고, 푸르디푸른 것도 있다. 나의 짧은 지식으로는 어린,
그러니까, 푸른 야자 열매에 물이 많고, 노란색이 감도는, 익은
열매에는 물이 적어지면서 하얀색의 속살이 두꺼워지는 것으
로 알고 있다.

말이 나왔으니 말이지, 동남아시아 더운 나라들을 여행하다 보면, 우리는 쉽게 갈증을 느끼게 마련이다. 기온이 우리의 한여름 날씨처럼 높고 많이 움직이기 때문에 땀을 적잖이 흘리기 마련이다. 그럴 때마다 시원한 생수 생각이 절로 난다. 상점에서 사먹는 생수보다 자연의 나무가 만들어 주는 과수(果水)나 과즙(果汁)이라면 더욱 좋을 것이다. 그 대표적인 것

코코넛 과수를 마시는 일행의 모습

이 다름 아닌, 야자수에 열리는 '코코넛'이라 불리는 열매 속에 든 물(水 : coconut liquid endosperm)이다.

비타민 A, B, C, E를 비롯하여 칼슘, 칼륨, 철분 등이 상대적으로 많이 함유되어 있으면서 열량이 낮기에 건강상 아주 좋은 음료로 알려져 있다. 나 역시 베트남, 태국, 미얀마, 캄보디아,

말레이시아 등의 나라를 여행할 때 마셔본 경험이 있다. 심지어는, 인도 고아 주 여행 시에는 코코넛 과수뿐 아니라 코코넛으로 발효시켜 제조했다는 위스키까지 마셔보았고, 마사지 점에서 코코넛-오일을 사용한 적도 있다. 그런데 코코넛-오일이 마사지 점에서 보통 상용하는 오일보다 비싸다는 것을 이번 여행에서 알게 되었다.

나는 이번 필리핀 여행을 마치고 귀국하면서 코코넛 칩 몇 봉지를 사 오기도 했다. 평소에 접하기 어려운 것이 가까이 있을 때는 먼저 맛보고, 느껴보고, 경험해 보자는 것이 나의 단순한 생각이었다. 그러니까, '열대지방을 여행할 때에는 열대과일을 많이 먹어라'라는 젊었을 때의 생각이 지금까지도 통용되고 있다.

여하튼, 우리는 코코넛 과수를 다 마시고, 차에 올라 예정된 세부역사기념비를 행해 갔다. 그런데 돌연, 김선호 씨가 '자신의 컨디션이 좋지 않다'라며, '자기는 호텔로 복귀하여 쉬고 싶다'라고 했다. 그 이유를 물으니, 머리가 어지럽고, 속이 답답하고 메스껍다고 했다. 특히, 호흡에 문제가 조금 있는 듯 가슴이 답답하다고도 했다. 나는 겁이 덜컥 났다. '복용할 약이 있는가?', '호텔에서 쉬면 괜찮아지겠는가?'라고 재차 물었다. '그렇다'라는 김선호 씨의 답을 듣고, 기사에게 우리를 세부역사기념비에 내려주고, 호텔로 돌아가 친구를 내려준 뒤 다시 오라고 요청했다.

우리는 현장에서 내렸고, 김선호 씨를 태운 차량은 호텔로 돌아갔다. 마음 한구석이 찜찜한 가운데 꽤 웅장해 보이는 배 같은 시커먼 조형물을 한 번 쓱 둘러보며 사진을 찍는데 10분이면 족했다. 가이더가 있어서 자세하게 조목조목 설명해 주면 좋으련만 그럴 사람도 없고, 그냥 한 번 쳐다보니 무엇이 무엇인지 알 길이 없었다. 물론, 우리는 별도로 가이더 북을 만들었고, 그 안에서는 약간의 설명이 있었다.

이 조형물은, 스페인 식민지시대(1571년~1898년)에 있었던 굵직굵직한 사건과 오늘날 역사적 유산이 된 것들이 복합적으로 조형된, 다시 말해, 세부의 과거사를 압축하여 만들어 놓은 상징적 조형물로서 기념비와 같은 것이다. 그러니까, 스페인의 탐험가 페르난드 마젤란(Ferdinand Magellan:1480~1521), 막탄 전투에서 그를 죽인 필리핀의 영웅 라푸라푸(Lapu - Lapu:1491~1542), 막탄 전투 장면 등을 묘사한 조각상이 있고, 필리핀의 대표 독립운동가인 호세 리잘(José Protasio Rizal Mercado y Alonso Realonda: 1861~1896)의 이야기를 담은 조각상, 세부에서 가장 유명한 산토니뇨 성당과 마젤란 십자가, 그리고 산토니뇨를 기념하기 위해 시작된 세부의 대표 축제인 시눌룩 축제 등을 묘사한 조각상이 두루두루 다 포함되어 있었다. 그야말로, 마젤란이 세부와 막탄에 들어온 후 스페인 식민 통치가 이루어지는 327년 동안의 요동쳤던 세부 역사를 담아낸 입체적이면서도 상징적인 조형물이라고 말하면 틀리지 않는다.

　따라서 세부의 역사를 모르면 이 기념물의 진의를 파악하기
어렵다. 그러니까, 마젤란이 세부에 들어와 천주교를 전파하
고, 그 결과 마젤란 십자가와 산토니뇨 성당이 오늘날까지 존
속될 수 있었다는 사실, 세부와 인접한 막탄섬으로 진입하는
과정에서 소위, '막탄전투'가 벌어졌고, 바로 그곳에서 족장인
라푸라푸에게 죽임을 당한 마젤란 탐험가, 산토니뇨 신성(神性)
을 기리는 종교적 활동과 사회 문화적인 면과 결합하여 오늘날
까지 계승되는 시눌룩 축제, 그리고 필리핀의 아버지로 통하는
독립운동가 '호세 리잘'이라는 인물 등을 이해해야 이 조형물
의 참 의미를 읽을 수 있다는 뜻이다. 제삼자의 시각에서 보면,
십자가를 앞세워 배를 타고 들어온 마젤란이 있었기에 필리핀
의 역사가 요동쳤고, 그 몸부림의 과정에서 생성된 역사적 사
실과 문화적 유습이 마젤란이 타고 온 배로써 형상화됐다고 말
할 수 있다. 이런 설명은 여행 후 내가 자료들을 분석하면서 스
스로 얻어낸 나의 판단이다. 그 어디에도 이 세부역사기념물을
놓고 이렇게 설명해 주는 문장은 없으리라 본다.

　네 번째로 간 곳이 '산 페드로 성(Fort San Pedro)'이었다.
'성(城)'은 대개 군사적 방어 수단으로 지휘소, 망루, 성벽, 공
격 수단인 총포, 진지, 장병들의 숙소, 음식물과 무기 저장소,
성 안팎으로의 출입문 등 유관 시설들이 갖추어져 있게 마련이

다. 대개는, 자연의 지형지물을 이용하여 구축하지만, 평지나 사막, 바닷가에서는 높게 쌓은 석(石)·토축(土築) 등을 이용하여 구축한다. 전자는 그 크기가 크지만, 후자는 작다. 누가, 언제, 어디에, 어떤 목적으로 구축했느냐에 따라서 그 구조와 크기와 재료 등이 달라지며, 그 이름도 다르게 불린다.

대개는, 세계 어느 나라를 여행하든 크고 작은 '성(城)'을 보게 되는데 우리는 그것들에 대해 요새(要塞), 성채(城砦) 등의 말로도 표현한다. 영어로는 ①캐슬(castle) ②포트(fort) ③시타델(sitadel) 등으로 표현된다.

나는 개인적으로 시리아·레바논·이스라엘·요르단을 비롯하여 중국·인도·이집트 등 방문했던 거의 모든 나라에서 크고 작은 성들을 보았었는데, 이는 인간의 역사 속에 전쟁이 끊임없이 있었다는 증거이기도 하다. 우리나라처럼 성이 많은 나라일수록 그만큼 외침과 전쟁이 잦았음을 알 수 있다.

필리핀 세부의 산 페드로 요새(Fort San Pedro)는 바닷가 옆에 있는데 이슬람 등 외부 해적 세력의 침입을 막기 위해 1738년 경에 돌벽돌로써 건축되었다고 한다. 이후 미국 식민지 시절에는 미군의 군 막사로 이용되었으며, 일본 식민지 시절에는 필리핀 포로군 수용소로도 이용되었다고 한다. 산 페드로 요새 내부에는 세부의 역사를 한눈에 볼 수 있는 작은 박물관(?)

산 페드로 성 들어가는 정문 앞에서

산 페드로 성 망루와 포진지 등이 있는 성 위로 구축된 성곽길

산 페드로 성 성곽길 코너에 세워진 망루(관측소)

도 마련되어 있다. 아니, 출입문 안 매표소에서부터 이곳의 역사가 벽면에 어지럽게 기술되었고, 그려져 있었다. 우리도 잠시 이곳을 들러 내부를 둘러보았으며, 산책하듯 성곽길을 거닐며, 성(城) 안팎의 풍경을 감상하였다. 내부에는 갤러리와 우물과 화장실 등이 갖추어져 있었다.

　다섯 번째로 간 곳이 '마젤란 십자가(Magellan's Cross)'와 '마젤란 십자가(Magellan's Cross)'이었다. 마젤란 십자가는 1521년에 세부 바닷가에 나무로 높이 3m 정도의 십자가를 세웠으나 그것이 오늘날 이곳으로 옮겨져 새롭게 단장되어 있다. 세부시청사와 산토니뇨 성당 사이가 광장인데 성당 입구 쪽으로 더 가깝게 붙어 있다. 육각 지붕으로 된 단층 짜리 석조기와 건물이 마젤란 십자가가 안치된 곳이다. 건물 안 정중앙에 3단 기단석 위로 짙은 갈색 톤의 십자가가 세워져 있고, 천

세부시청

마젤란십자가가 안치된 건물

Magellan's Cross

마젤란십자가

산토니뇨 성당

정에는 원형에 가까운 십이각형 면마다 빙 둘러 벽화가 그려져 있는데 세부 왕가(王家)가 세례받는 모습이라고 한다.

그리고 산토니뇨 성당은 '아기 예수'를 의미하는 '산토니뇨(Sto. Niño)' 상이 수호신으로 보관된 성당으로 1,500년대 스페인 총독인 레가즈피(Legazpi:필리핀의 초대 총독인 미겔 로페스 데 레가스피:1502~1572)에 의해 건축되었다. 1941년 세계문화유산으로 등재되어 현지인뿐 아니라 많은 관광객이 방문하는 곳이다. 우리가 방문했을 때에도 성당 안팎으로 사람들로 붐비었는데 안에서는 예배 중이었는데 발 디딜 틈조차 없었고 보안 요원들이 곳곳에 서 있었다. 나도 제일 뒷자리 한쪽에 겨우 서서 잠시 지켜보았을 뿐이다. 성당 밖도 사람들로 붐비기는 마찬가지였는데 사진을 찍는 사람, 촛불을 켜는 사람, 벤치에 앉아 쉬는 사람 등등 사진 한 장도 제대로 찍을 수가 없었다.

이 성당에 대하여 좀 더 설명하자면, 필리핀에서 가장 오래된 성당으로 1565년에 '안드레스 드 우르다네타(Andrés de Urdaneta:1498~1568년)' 신부에 의해 세워졌다. 이 성당은 그동안 세 번 불에 타 소실되었는데 지금의 건물은 1737년에 재건축된 것이라 한다. 끝없는 순례자와 기도자들의 행렬을 위해서 뜰에 연중 횃불이 있었고, 여기에서 허기진 배를 채웠을 것으로 추정된다. 오늘날도 예배를 보며 수많은 관광객이 방문하는 등 사용 중인데, 세부의 수호신인 산토니뇨(아기 예수)의 이미

지가 발견된 위치에 건축되었고, 아기 예수상은 마젤란이 라자 후마본 왕의 부인인 주아나 왕비에게 세례 선물로 주었다고 전해지는 유물이다. 산토니뇨 상은 스페인 정복자들이 필리핀을 떠난 1565년, 반란자들을 제압하기 위해 미구엘 로페즈 드 레가즈피(Miguel Lopez de Legazpi) 병사들이 일으킨 화재장소에서 나무 상자에 봉해져 보관된 채로 발견되었고, 오랫동안 발생했던 많은 화재와 다른 재난에도 사라지지 않아 그 존재 자체만으로도 기적과 같은 일로 여겨지고 있다. 1965년, 교황 바오로 6세는 400년 역사를 가진 필리핀을 기독교국으로 인정하여 이 성당을 대성전으로 승격시켰다.

여섯 번째로 간 곳이 'Cebu Provincial Museum'이라고도 불리는 '수구보 박물관(Sugbo Museum)'이었는데 아쉽게도 그 문이 굳게 닫혀 있었다. 날짜를 보니 분명 2023년 9월 2

수구보 박물관 내부 전시장 일부

일 토요일이었다. 토요일! 나는 속으로 나를 비웃고 있었다. 다른 곳은 못가더라도 이곳 박물관만큼은 꼭 가야겠다고 계획을 세울 때부터 홀로 다짐했던 곳인데 이런 실수를 하다니… 어찌 우습지 않으랴.

세부의 수구보 박물관은 세부 역사와 문화의 보고로 알려져 있는데, 높은 산호석 벽으로 둘러싸인 전 스페인 감옥 안에 있다. 전 스페인 감옥은 2004년까지 세부지역 재활센터(CPDR)로 활용되었으며, 건물 재활용 규정에 의거 현재와 같은 세부지역 문화와 역사의 중심지로 탈바꿈했다. 스페인 통치 시절 건축물을 한 자리에서 관람할 수 있는 수구보 박물관은 12개의 갤러리가 산호석과 석회 모르타르로 만든 여섯 개의 건물들로 나뉘어 있다. 1871년부터 1891년에 걸쳐 건설된 박물관 건물들은 세부의 독신 건축 설계사 '돈 도밍고 디 에스콜드릴라스'에 의해 설계되어 비사야스 지역 교도소로 사용되었으며, 후에 세부 지역 교도소(The Cebu Provincial Jail)로 개명되었었다. 총 12개 중 여섯 개의 갤러리에서는 세부의 선사시대부터 역사를 고스란히 전시하고 있으며, 잘 보존된 제2차 세계대전 물품들과 전후 기념물들도 함께 갤러리를 채우고 있다고 했다. 그래서 꼭 가보고 싶었다. 그런데 갈 수 없다. 허탈하다. 시계를 보니, 오후 3시가 갓 지나고 있었다.

나는 순간적으로 꾀를 내었다. 조심스럽게 탑 힐(Tops Hill)을 가보았으면 한다고 운전 기사에게 말했다. 나의 말을 듣던 그는 너무나도 자연스럽게 OK 했다. 아침에 말할 때 계획에도 없었고, 지금 있는 남쪽에서 오전에 갔던 레아신전과 도교사원을 지나 북쪽으로 더 가야 하기 때문이다. 그야말로, 정반대 방향으로 가야 하는 길인데 이제서야 말하다니 하고 혀를 끌끌 찰 줄 알았다. 나는 연신 미안하다고 말했다. 그렇게 해서 일곱 번째로 간 곳이 탑 힐이다. 정말이지, 남쪽에서 북쪽으로 다시 올라가려니 미안했던 게 사실이다.

사실, 탑 힐은 세부 시내 전경을 내려다볼 수 있는, 전망이 좋은 곳이기도 하면서 굳이 일출 일몰을 감상하기 좋다고 서양인들 사이에서 정평이 나 있는 곳이다. 가이더 북에서도 소개하고 극찬 일색이어서 나도 일몰 6시 10분을 기억해 두고 여행 첫날 마지막으로 갈려고 했는데 그날 늦은 점심이 길어져서 가지 못했었다. 비록, 일몰은 아니지만 갔다나 와보자는 마음에서 가긴 갔으나 현지는 대대적인 공사 중이어서 올라설 수도 없었고, 정상부 마로 밑에 있는, 그 유명한 레스토랑 「TOP OF CEBU」현판 앞에서 기념사진 한 장 찍고 돌아설 수밖에 없었다.

　우리는 정상에 서서 볼 수도 없는 자리로 들어와 주차비와 입장료를 내고 돌아 나왔는데 아쉽지만, 호텔로 복귀해야 했다.

TOP OF CEBU RESTAURANT 간판 앞에서

차 안에서는 필리핀에 왔으니 바닷가 드라이브라도 할 겸 바닷가산책이라도 해야 하지 않느냐는 말이 들렸다. 일단, 들은 이상 모른 척할 수는 없었다. 차 안에서 의견을 묻고 찬반의사를 물었는데 산책하자는 의견이 더 많았다. 하지만 나는 거부했다. 왜냐하면, 세부 바닷가는 바닷물이 흐리고 드라이브를 할 만한 장소도 마땅하지 않고, 퇴근 시간에 맞물려 차가 막히는 등 기사가 말한 이유도 있지만, 내일 보홀섬으로 가게 되면 우리의 숙소가 백사장 앞에 있는 방갈로이고, 귀국할 때까지 바닷가에서 놀고먹어야 한다는 이유에서 오늘 조금 일찍 복귀하여 저녁 식사 맛있게 먹고, 모두 마사지를 받자고 제안함으로써 매듭지었다. 다행스럽게도 모두가 순순히 따라 주었다.

이윽고 차는 호텔로 들어섰고, 내일 아침 픽업을 부탁하며 운전기사와는 헤어졌다. 그리고 잽싸게 김선호 씨 방으로 들어가 보았다. 아무 일이 없었는지 확인하는 것이 급선무였기 때문이다. 다행히, 그는 자기 자리에 누워 쉬고 있었고, 좀 나아졌느냐고 물었더니 나아졌다고 했다. 정말, 다행이었다. 이제 샤워하고 우리만의 만찬을 즐기고, 일제히 마사지 점으로 가서 마사지를 받으면 세부에서의 여행은 끝이 난다.

호세 리잘에 관하여

호세 리잘 (José Rizal:1861~1896)
은, 스페인 치하에서 의사 ·저술
가 ·시인 ·언론인 ·교육가 등으로
활동했으며, 필리핀 독립운동가였
다. 안드레스 보니파시오(Andrés
Bonifacio: 1863~1897, 정치인) 등의
무장투쟁론에 반대하고, 스페인의
개혁과 자치 운동을 주장하였다.
필리핀 독립운동을 지도하였고, 필

리핀 독립의 아버지로 추앙받고 있다. 그는 『놀리 메 탕헤레(나
를 만지지 마오)』(Noli Me Tángere), 『훼방꾼』(El Filibusterismo)의 작
가이며, 많은 시(詩)와 에세이를 남겼다. 그는 1896년 12월 30
일 스페인 점령군에 의해 처형당했다.

어머니와의 마지막 면회할 때 어머니를 따라온 하녀에게 건네
준, 등잔의 밑바닥에 숨겨놓은 듯한 편지가 발견되는데 '나의
마지막 인사(Mi último adiós, My Last Farewell)'라는 절명시(絶命
詩)이다. 필리핀에서는 아주 유명한 작품으로 말해지며, 원래는

호세 리잘의 서명도, 시제(詩題)도 없었다고 한다.

호세 리잘은 현재 필리핀에서 여러 가지 방식으로 기념 추앙되는데, 필리핀 1페소 동전에 새겨진 인물이며, 마닐라 로하스 거리에 그의 이름을 딴 '리잘공원'이 있고, 산티아고 요새 감옥 근처에 호세 리잘 기념관이 있다. 그리고 국립경기장으로 '리잘기념스타디움'이 있으며, 州의 이름에도 '리잘 주'가 있다. 그가 처형된 날인 12월 30일은 '호세 니잘의 날'로 지정 기념하며, '라몬 막사이사이'와 함께 국부(國父)로 추앙받는다. 그의 절명시를 소개한다.

필리핀 수도 마닐라 최고의 관광지 「인트라무로스(Intramuros)」, 다시 말해, 16세기 스페인이 필리핀을 통치하기 위해 지은 성채도시의 남단에 있는 호세 리잘을 기념하는 공원

Mi último adiós

José Rizal(1861~1896)

Adiós, Patria adorada, región del sol querida,
Perla del mar de oriente, nuestro perdido Edén!
A darte voy alegre la triste mustia vida,
Y fuera más brillante, más fresca, más florida,
También por ti la diera, la diera por tu bien.

나의 마지막 인사

호세 리잘(1861~1896)

잘 있거라, 내 사랑하는 조국이여, 태양이 감싸주는 나라여,
동방의 진주여, 잃어버린 에덴이여!
나의 슬프고 눈물진 이 생명 너를 위해 바치리니
이제 내 생명이 더 밝아지고 새로워지리니
나의 생명 마지막 순간까지 너를 위해 기꺼이 바치리라.

-2024.01.21.

● 위 자료는 「나무위키」 사전과 기타 자료를 읽고 필자가 재구성한 것임.

여행 둘째 날 우리만의 만찬

친구들은 각자의 방에서 샤워하고 좀 쉬다가 약속한 대로 호텔 로비로 오후 5시에 다 모였다. 몸 상태가 좀 나빴던 김선호 씨의 모습도 보였다. 아얄라 센터 4층 해산물 전문 레스토랑으로 가서 만찬을 즐기기 위해서이다. 우리는 첫날과 다르게 해산물 레스토랑을 쉽게 찾았다. 공간도 크고 작은 테이블 다섯 개를 한쪽에 붙이면 다섯 명씩 마주 앉아 대화도 나누고 음식을 편히 먹을 수 있다는 판단이 들었다. 젊은 종업원들은 갑자기 들이닥친 고객들 때문에 신이 나서 에어컨을 켜는 등 일사불란하게 움직인다.

메뉴는 친구들이 정하고, 나는 1인당 삼미구엘 맥주 2병씩과 탄두아이 럼주 2병을 주문했다. 하지만, 탄두아이는 팔지 않기에 없다고 했다. 이 말이 떨어지기 무섭게 이강수 씨와 진창언 씨가 서로 눈을 맞추더니 자리에서 조용히 일어나 탄두아이를

사러 나갔다. 나머지 사람들은 자리에 앉아 이런저런 대화를
이어나갔다. 얼마쯤 지났을까? 아마도, 20여 분 이상은 족히
지났을 것이다. 주문했던 요리를 두 사람이 들고나오는데 가관
이다. 꼭 상여를 떠메고 나오는 것 같았다.

임홍락 씨가 주문했던 요리의 모습

마침내 가운데 자리에 턱 하니 주문한 요리가 놓이고, 맥주
20병이 열 병씩 나누어져 얼음이 들어있는 통속에 세워진 채

음식을 먹기 전 기념촬영

Galaxy S23

나왔다. 우리는 한동안 음식을 바라보며 기다렸다. 기다리고 기다려도 나타나지 않는 두 사람, 무슨 일이 있는 것일까? 은근히 걱정되기 시작했다. 술 사러 나간 사람 둘이 30분이 넘어도 돌아오지 않는다. 그때 임홍락 씨가 저녁 식사를 내기로

탄두아이 두 병을 사 온 이강수·진창언 씨를 포함한 일행 모두의 모습

약속한 호스트로서 2인분의 요리를 따로 덜어놓고 먹자고 제안했다. 그러자 이홍배 씨가 잘 차려진 요리에서 부분부분 해체하여 조금씩 덜어내었다. 그리고는 두 사람 빠진 여덟 명이 맥주를 돌리기 시작했고, 비로소 앞에 놓인 잔칫상에서 요리를 조금씩 자기 접시로 가져다가 먹기 시작했다.

나는 이것이 무슨 요리인지도 모른 채 대충 살펴보니 모양만 그럴듯했고, 한가운데에 쌀밥이 듬뿍 놓여있고, 그 가로 빙 둘러 삶은 게, 오징어, 조개류 등등 다 알지 못하는 해산물이 약간의 과일과 함께 진열되어 있었다. 보기에는 정말 화려했지만 먹기에는 실속이 없었다고나 할까?…. 그러나 젊은 사람들에겐 환상적인 요리라는 생각이 들었다. 나는 먹는 것보다 친구들과 대화 나누며 하루 여행을 정리하는 쪽으로 그 의미를 부여하고 싶었다. 정말이지, 꽃상여처럼 화려하게 등장했던 요리가 해체

여행 중 자유시간의 즐거움을 누리는 조승봉 씨는 젊고 아름다운 여인과 대화를 나누고 있다.

되고, 손과 젓가락이 왔다 갔다 하는 사이 초라하게 변해 있었다. 그때 이강수 씨와 진창언 씨가 '탄두아이' 두 병을 사 들고 돌아왔다. 돌아오자마자 술병을 테이블에 탁 내려놓는 모양새로 보아 기분이 몹시 상했다는 사실을 알아차릴 수 있었다. 순간적으로, 두 사람이 길을 잃었거나 모종의 의견 다툼으로 언쟁이 있었을 것으로 추측되었다. 기다리다가 참지 못하고 음식을 먼저 먹고 있는 친구들도 어쩌면 그렇게 생각했을 것이다. 그러나 진짜 화가 난 이유는 두 사람이 스스로 말하기 전에는 알 수 없었다.

모두 자리에 앉았으나 돌연, 말이 없는 진창언 씨, 그리고 화가 많이 난듯한, 상기된 얼굴로 술만 마시는 이강수 씨, 우리는 모두 조심스러워졌다. 이홍배 씨가 따로 떠놓은 음식을 내밀고 술을 권해도 두 사람의 침묵은 풀어지지 않았고, 화도 누그러지지 않는 듯 보였다. 그 좋던 분위기가 순식간에 굳어졌고, 불편해졌다. 그놈의 '탄두아이' 때문에…. 그러나 아무리 자리가 불편하고 어색하더라도 우리는 형식을 갖추었다. 저녁 식사를 내는 분에게 감사 표시를 정중히 하고, 하루 여행을 마무리 짓는 상황에서 이 시간 이후 단체행동을 설명했다. 예고한 대로 마사지를 받기로 하고 요금까지 미리 내고 온 나로서는 밤 9시 50분까지 호텔 로비로 나올 것을 알리고, 모여서 마사지 점으로 같이 가기로 정하고서 우리는 식당에서 산회(散會)했다. 조금은 씁쓸했다. 그러나 나는 친구들의 지성을 믿고, 유달리 착한 2631의 집단적 성품을 믿어 의심치 않았다. 나는 자리에서 일어나기 전에 옆자리에 앉았던 이강수 씨한테 왜 그렇게 화가 많이 났냐고 물었더니 그의 대답은 의외였다. 힘들게 술을 사가지고 왔는데 우리가 주문한 요리를 먼저 먹어서 그렇다고 했다. 다소 이해되지 않는 대답이었다. 그러나 친구가 그렇게 말을 하니 믿을 수밖에. 하지만 여전히 다른 이유가 있었을 것이라는 생각이 들었다. 그딴 음식이야 더 주문해 먹으면 되는 것 아닌가!

어쨌든, 우리는 그렇게 헤어졌다가 저녁 9시 50분에 호텔 로비에서 다시 만났다. 하지만 세 사람이 나타나지 않았다. 김문수 씨는 처음부터 마사지를 받지 않겠다고 선언했었고, 이강수 씨와 진창언 씨는 술에 취해 받을 수 없다고 했다. 두 분의 최종 의사를 확인한 나는, 일곱 사람을 인솔하여 호텔 뒤쪽에 있는 마사지 점으로 걸어갔다. 약속된 시간인 10시를 조금 지난 시각이었다. 이미 아홉 사람이 마사지를 받겠다고 해서 돈을 다 주었었는데 빠진 두 사람분의 요금을 돌려받을 수는 없었다. 외부에서 불러온 사람들이기 때문이라는 이유에서였다.

그러나 그것 때문에 기분이 상한 상태에서 마사지를 받을 수는 없었다. 우리는 기분 좋게 절차에 따라 안내를 받으며, 발을 씻고, 2인실 또는 4인실 등으로 나누어 들어갔다. 솔직히 말해, 나는 60분을 받았는지 90분을 받았는지 120분을 받았는지 기억이 나지 않는다. 기억나는 게 있다면 조용보 씨가 마사지를 다 받고 나와서 하는 말이었다. "지금까지 동남아시아 여러 나라를 여행하면서 이런저런 마사지를 다 받아 보았는데 단연, 최고라"고 했다. 그 순간, 나는 안심했고, '그가 복(福)을 받은 것이다'라고 스스로 생각했다. 마사지 기술이 뛰어난 사람을 그가 만난 복 말이다. 솔직히 말해, 나는 그 정도는 아니었고, 교과서 같은 마사지를 받았고, 받고 난 뒤에 느끼는 가벼운 통증이 오래 간다는 생각을 했었다. 그리고 나를 마사지해 준 여인의 무뚝뚝한 말이 나를 은근하게 위로해 주었다. 비록, 고객을 위한 립서비스(lip service) 차원이었겠지만 '50대인 줄 알았는데 60라니…'하며, 의외라는 표정을 지어 보이는 그녀에게 약간의 팁을 주지 않을 수 없었다. 그녀는 마사지를 다 마치고

일행을 위해 마사지를 해 준 업소의 직원들 모습

자리를 뜨면서 말했다. "오늘 밤은 샤워하지 말고, 내일 아침에 하라."고 말이다. 아마도, 이 말은 몸에 비싼 코코넛 오일을 발랐으니 곧바로 물로 씻어내지 말라는 뜻이었을 것이다. 한마디로 말해, 조용한 친절 서비스를 받은 것 같다는 생각이 들었다. 그래, 내 얼굴에서는 나도 모르게 미소가 그려졌다.

그동안 배낭여행을 적잖이 즐겼던 나도, 피곤할 때마다 간절해지는 것을 들라면 바로 이 마사지 받기와 과일 주스 갈아 마시기를 친다. 인도 여행 중에 한 시골 마을에 있는 게스트하우스에 체크인하고서 일행 세 사람이 한 방 자기 침대에서 마사지를 받았었는데 금세 세 사람 모두 곯아떨어졌었다. 마사지를 받고 있다는 생각이 그리 오래지 않아서 모두 잠이 들었던 거였다. 얼마 후, 마사지를 해주던, 콧수염이 가지런하고 키가 크고 호리호리한 전형적인 인도인이 우리를 깨웠다. 우리는 눈을 뜨며 자리에서 일어나 어리둥절 돈을 계산해 주며, 일행 중한 사람이 '무슨 마사지가 이렇게 밋밋할 수 있느냐?'라며, 전혀 자극이 없다는 의미에서 약간의 불만 섞인 말을 건넸다. 그러자 그 사람이 말하기를 '우리가 마사지를 잘했기에 당신들이 모두 잠에 떨어졌다'라고 응수했다. 나는 얼마든지 그럴 수 있다고 생각했다. 그래서 연신 고맙다는 인사를 대신 건넨 적이 있다. 거의 자극이 없었지만 우리는 최상의 편안함을 누렸고, 그 덕으로 한낮이었지만 금세 깊은 꿈나라에 들 수 있었으니 말이다.

세부에서 보홀섬으로
오션 젯(Ocean Jet)을 타고 가기

여행 셋째 날이다. 우리는 지금, 세부 호텔에서 아침 식사를 느긋하게 즐기고, 체크아웃한 상태에서 기다리는 중이다. 보홀 섬 '타그빌라란' 항구로 가기 위해 호텔에서 세부 항구까지 데려다줄 차를 기다린다. 모두 10시가 되기 전에 각자의 여행 가방을 들고 일찌감치 로비 지정석에 앉아 있는 친구들은 기분이 나빠 보이지 않았다. 어젯밤 과음과 개인적 사정으로 마사지를 받지 못한 이강수 씨와 진창언 씨, 그리고 김문수 씨의 기분이 어떤지 궁금했다. 김문수 씨는 사진을 찍는다고 홀로 분주하다. 이강수 씨와 진창언 씨는 아무 일이 없었던 듯 내색하지 않고 친구들과 대화를 나누는 것으로 보아 시원시원한 성격 때문이기도 하지만 애써 노력하는 면도 없지 않았으리라 본다.

이윽고 차가 왔다기에 로비 밖으로 나가 일제히 차를 타고 세부 항구로 향했다. 호텔에서 항구까지는 약 4㎞ 남짓, 그렇게 먼거리는 아니나 우리는 일찍 서둘러 갔다. 티켓 예매는 했으나 절차가 복잡할 수도 있겠다는 생각에서였다. 십여 분 후 우리는 시장 어귀 같은 복잡한 항구 입구에 도착했다. 차에서 내리자, '어디 가느냐? 티켓! 티켓!' 등을 외치며 호객행위를 하는 사람들이 달라붙는다. 예매했다고 말하자 다들 순순히 물러난다. 나는 기사에게 돌아올 날 이곳에 도착하는 시간에 맞추어 오기를 부탁했고, 막탄섬 지역 여행과 공항까지 데려주는 일정을 쪽지에 써 주었다. 약속을 어김없이 잘 지키라는 뜻에서였다.

배를 타기 위한 건물로 들어서려고 하자 문지기가 티켓을 보여달라고 한다. 나는 예약서류를 보여주었다. 대기실 안으로 들어가서 탑승권을 받기 위해서 긴 줄을 섰다. 그리고 탑승권을 받으니 이제는 휴대한 가방을 따로 부치라고 한다. 배낭을 제외한 여행 가방을 별도 운임을 주고 한곳에 차례차례 영수증과 함께 붙여 세웠다. 그러고 나서야 비로소 우리는 자유롭게 탑승 게이트 가까운 곳으로 가서 의자에 앉아 탑승 시작할 때까지 기다리는 자유시간을 누릴 수 있었다. 배 출항시간을 보니 한 시간 이상 남아있었다. 대기실은 꽤 컸다. 매점도 있고 사람들로 북적였다. 친구들도 군데군데 빈 자리에 떨어져 앉아 있었다. 어쨌든, 시끌벅적한 실내에서 우리는 탑승 게이트 쪽에서 연주하는 맹인(盲人)들의 노랫소리를 들으며 기다렸다. 그러나 나에게는 기다리는 시간이 차라리 좋았다. 앞으로 전개될 일들을 생각하며 미리 준비할 수 있는 시간이 주어지기 때문이다.

그런데 누군가로부터 시원한 음료 한잔이 배달되어왔다. 알고 보니 이강수 씨가 친구들에게 한 잔씩 제공하는 깜짝 선물이었다. 시원하고 상큼한 모히또(Mojito)! 모히또! 돌연, 몰디브(Maldives:인도양 중북부에 있는 몰디브 여러 섬으로 구성된 나라로 '몰디브 공화국'이라는 나라 이름)' 생각이 난다. 순간, 절로 웃음이 나왔다. 영화 대사가 떠올랐기 때문이다. '모히또'는 '마법의 부적'이라는 의미의 스페인어인 'Mojo'에서 유래한 말로, 럼(rum)을 베이스로 라임즙과 민트 잎을 넣어 만든 칵테일이 아니던가? 그래, 바로 그것, 한 잔씩의 선물이 이리 커 보이긴 처음이었다. 정말, 이 순간, 몸에서 요긴했기 때문이리라. 꽤 복잡한(?) 절차를 밟고 대기실로 들어온 우리에게 "사랑하는 여러분, 모히

상상만 해도 상큼한 모히또

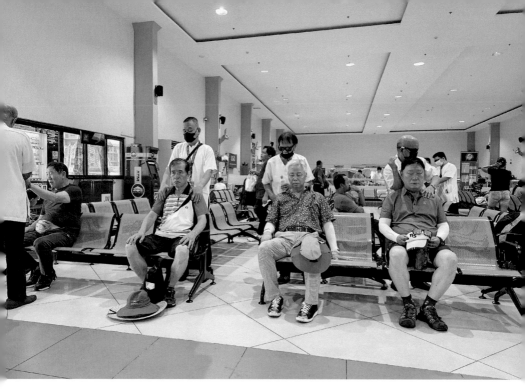

보홀섬으로 가기 위해 대합실에서 배를 기다리는 시간에 간단한 맛사지를 받는
박남철·조승봉·김선호·이강수 제씨의 표정이 황홀 삼매경에 빠진 듯하다.

또에 오셨으니 몰디브 한 잔씩 하세요! 이것은 여러분을 환영
하는 저 이강수의 작은 선물입니다."라고 말할 것 같은, 이강수
친구의 유머 감각 넘치는 지혜를 떠올리면서 우리들의 얼굴에
는 민트 향과 함께 미소가 번졌다.

 그러나 배가 떠날 시간은 아직도 40여 분이나 남았다. 이
를 알아차렸음일까, 박남철 씨가 빈자리에 앉지 않고 왔다 갔
다 하더니 우리 일행들이 앉아 있는 뒤편으로 몸집이 작은, 늙
어 보이는 맹인(盲人)들이 와서 어깨를 주무르기 시작한다. 이것
이 무엇일까? 뒤돌아보니, 앉아 있는 손님들에게 돈을 받고 간

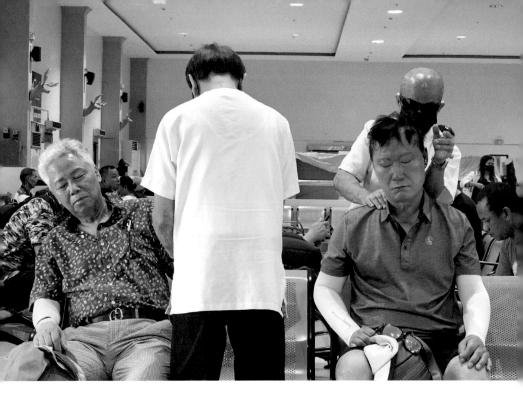

단히 마사지를 해주는 사람들이었다. 박남철 씨는 이를 어떻게 알고 이런 서비스를 친구들 몰래 요청했을까? 그의 많은 여행 경험에서 나온 아이디어일 것이다. 친구들은 자리에 앉아서 어깨, 목, 두 팔 등에 가벼운 마사지 서비스를 받았다.

게다가, 배를 타러 나가는 출구 쪽에서 맹인(盲人) 세 사람의 연주와 노랫소리가 들려왔다. 사람들이 많이 모이는 대합실(待合室) 등에서 맹인(盲人)들이 이런 서비스 활동을 통해서 먹고사는 일에 도움을 받는 것 같았다. 나쁘진 않은 아이디어라는 생각이 들었다.

만약, 이런 낯선 풍경들을 돌아가신 알베르트 아인슈타인

(Albert Einsten:1879~1955)이 살아나 본다면 '혀를 끌끌 차면서 안 돼!' 혹은 '안 되지.'라고 외치거나 중얼거릴지도 모른다. 그는 중국 여행 시에 인력거 타는 서비스를 정중히 거절했기 때문이다. 쉽게 말해, 자신만 편하겠다고 어떻게 저들에게 고통을 안길 수 있겠느냐는 그의 인본주의 사상이 빛나는 순간이었다. 그러나 오늘날 노벨상을 받은 경제학자가 바라본다면, 미소를 지어 보이며, '아, 멋지고, 정말 생생한 삶의 풍경이로구나!'라고 하면서, '여기, 나도!'라고 외칠지도 모를 일이다. 마치, 물이 위에서 아래로 흐르듯, 돈이 많은 곳에서 적은 곳으로 흘러가듯이 말이다. 그래서 모두가 더불어 살아가게 마련인 순기능이 있음에도 불구하고 나는 조금 멋쩍어 보이기도 했던 게 사실이다. 우리는 그렇게 친구들의 작은 배려와 베풂으로 큰 즐거움을 누렸고, 지겹지 않게 기다리며 승선 안내방송을 듣는다. 이윽고, 우리는 승선하기 위해서 줄지어나갔고, 그 틈에서도 노래 부르며 연주하는 맹인(盲人) 그룹의 도네이션 박스(Donation Box)에 지폐를 넣어 주는 박남철 씨의 얼굴에는 여유와 웃음이 가득하다.

보홀섬으로 가는
오션 젯(Ocean Jet) 안에서

승선 티켓을 보니 자리가 정해져 있었다. 우리는 모두 창가 쪽으로 둘씩 자기 자리에 앉았다. 지금부터는 원 없이 바다를 볼 것이다. 배 안에 설치된 모니터에서는 안내방송과 자막이 뜨고, 영화까지 한 편 틀어 준다. 우리는 저마다 자기 자리에 앉아서 점점 멀어져 가는 세부섬을 바라보며 저마다 생각에 잠긴다. 한참을 가다 보니 이미 몇 사람이 자기 자리를 떠나 너른 빈자리로 옮겨 앉았다. 널찍이 앉아 편히 가기 위해서였으리라.

그런데 일행 중 김문수 씨는 중앙 열에서 혼자 앉아서 맥주를 홀짝홀짝 마신다. 아니, 배 안에서 무슨 맥주를? …. 배 안에서는 술을 팔지 않는 것이 정상인데 어디서 구한 것일까? 두어 차례 요깃거리를 파는 행상이 지나갔으나 술은 분명 없었다. 있었다면 내가 먼저 마셨을 것이다. 긴장을 완화하고 마음의 여

세부에서 다른 섬으로 가는
해상교통수단인 오션 젯의 모습

오션 젯 창가 쪽으로 둘씩 앉은 일행들

유를 갖게 하기 때문이다. 그런데 그는 그야말로 보란 듯이 맥주를 마시며 활짝 웃어 보이기까지 한다. 자기만의 여유랄까, 멋스러움을 한껏 뽐내고 싶었는지도 모른다. 그렇다고, 누구 한 사람 제지하는 이는 없다. 승조원이라면 몰라도. 우리는 밖으로만 나가지 말 것을 요청하며 같이 웃어 보였다. 알고 보니 어젯밤에 먹고 남은 술 한 병을 가방에 넣어왔던 것이었다. 비록, 상식적인 규례를 깨는 행동이었지만 바다 위를 빠른 속도로 떠가는 배 안에서 그가 누렸을 여유, 낭만을 생각하면 잘했다는 생각도 든다.

어느덧, 정확히 두 시간 만에 우리가 타고 온 배는 보홀섬 '타그빌라란' 항구에 도착했고, 우리는 부쳤던 가방들을 찾아, 천천히 출구를 향해 걸어나갔다.

보홀섬 알로나 비치 끝자락에 있는
예약된 숙소로 가기

'타그빌라란' 항구에서 안내에 따라 하선하고, 택시와 밴이 주차된 쪽으로 걸어나가는데 여행사에서 나온 호객꾼들이 달라붙는다. 시티 투어 안내판을 들어 보이며, 대꾸하지 않아도 집요하게 따라오며, '어디로 가느냐?'라고 묻는다. 이때다 싶어 '아이시스 방갈로로 간다, 우리는 열 명이다'라고 했더니, 잽싸게 어디론가 전화를 건다. 2, 3분도 채 지나지 않아 운전기사가 나타났다. 운전기사는 다시 어디로 가느냐고 묻는다. '아이시스 방갈로! 우리는 열 명이다. 아이시스 방갈로를 아느냐?'라고 물었더니 '잘 안다'라고 대답한다. 일행은 그를 따라 차가 세워진 주차장으로 차도를 건너갔다. 그런 상황에서도 여행사 호객꾼은 자기 핸드폰에서 카톡을 열어 보이며 나와 친구 맺자고 한다. 그래서 걸어오며 카톡 친구가 되었다. 시티 투어할 때 할인해 줄 터이니 자기에게 카톡으로 연락하는 것이었다. 그렇게 하겠다고 말하고 그와는 일단 헤어졌다.

주차장에 도착한 일행은 짐을 차 뒤편에 하나하나 싣고 모두 올라탔다. 기사는 먼저 자기 핸드폰에서 아이시스 방갈로를 찾아 확인하고, 안내하는 대로 운전해 갔다. 가면서도 옆자리에 앉은 내게 계속해서 시티 투어를 홍보했고, 자기에게 예약하라고 말한다. 쉽게 결정할 일이 아니어서 결국, 잡아떼긴 했지만 미안하기도 했다. 이왕이면 우리를 픽업해 주는 이 사람에게 신청해도 될 일이지만 비싼지 저렴한지 알 길이 없었고, 숙소에 가면 그곳 숙소에서도 흥정할 수 있는 문제여서 시티 투어 안내판을 사진 찍고 전화번호만 메모했다.

그런데 우리를 싣고 가는 밴은 예상했던 시간보다 더 걸리는 것 같았다. 운전기사도 자꾸 핸드폰을 바라보며 목적지를 확인하곤 한다. 급기야 차는 어느 시골 마을 속으로 들어가는 것 같았다. '이 길이 맞느냐?'라고 묻자, '분명히 맞다'라고 했다. 더는 들어갈 수 없는 막다른 좁은 길이 나왔다. 그 앞에 있는 농가처럼 보이는 집에 사는 이에게 묻는다. 그 주인이 말하기를 "차는 더는 들어갈 수 없고, 여기서 곧장 걸어가면 아이시스 방갈로가 있다"라고 했다. 운전기사는 다시 내게 그 말을 전하기에 나는 지체하지 않고 뛰다시피 좁은 골목길로 올라갔다. 나는 뛰면서도 불길한 생각이 들었다. 내가 예약한, 홈페이지에서 본 아이시스 방갈로는 푸른 잔디밭 위에 붉은색 지붕의 방갈로가 몇 채 되는 하얀 해변에 있는 집이었다. 그런데 지금 어떤 상황인가? 별의별 생각이 들었다. 나는 기다리고 있을 친구들을 의식하면서 언덕배기를 넘어 좁은 밭두렁 같은 길을 뛰어 내려갔다. 파란 바닷물에 하얀 백사장이 펼쳐진 산책로가 나왔다. 주변을 살피니 백사장을 따라 동서로 길게 이어진 상점들이었다. 가까이 있는 한 사람에게 아이시스 방갈로가 어디냐고 묻자 바로 한 집 걸러 저 집이라고 말했다. 그 앞으로 가보니 레스토랑에 딸린 숙소가 있다는 판단이 들었다. 이미 이메일을 여러 차례 주고받으며 예약했는데 무슨 문제가 있겠는가? 일방적으로 생각하며, 나는 다시 친구들이 기다리고 있을 막다른 곳으로 뛰어 돌아갔다. 친구들에게 이 길로 가면 된다고 말하고, 불편하지만 각자의 가방을 들고 가자고 했다. 우리가 타고 온 차는 어렵게 어렵게 그 농가 앞에서 돌려 나갔으나 미안한 생각이 들었다. 나중에 안 사실이지만, 백사장으로 들어서는 차량 접근로가 유일하게 하나 있고, 그 길로 들어와 백사장 입구 조금 너른 공터에서 내려주고 돌아갔어야 했는데 그런 규칙을 몰랐던 것 같다.

나는 여행 기획자로서 책임의식 때문에 조마조마한 마음으로 십여 분을 땀 흘리도록 뛰었지만, 친구들은 '뭐 이런데로 오게 하는가? 도대체, 어디로 예약했기에 이런 막다른 골목으로 와서 걷게 하는가?' 등등 별의별 생각을 다 했을 것이다. 다들 말없이 가방을 들고 좁은 골목길 같은, 아니, 산길도 아니고 밭두렁도 아닌 언덕배기 길을 걷는 처량한 모습이 말해주었다. 그러나 언덕배기를 넘어서면서 조금만 내려가면 탁 트

숙소 앞 알로나 비치 계단에 앉아 대화하는 조승봉과 이강수 씨

인 파란 바다가 보이고, 하얀 백사장이 있으며, 키 큰 야자수가 바람에 흔들리고, 사람들이 삼삼오오 걸어 다니는 풍경이 펼쳐질 것이다. 그렇다! 그 순간이 되어서야 비로소 말문이 터지기 시작했다. 어휴, 다행이다. 비록, 초라한 방갈로이지만 바로 바닷가 앞에 있고, 레스토랑이 딸린 집이어서, 젊었을 때 엠티(membership+training:구성원의 친목 도모와 화합을 위하여 함께 하는 수련회)에 참가한 기분이 들 수도 있으리라. 나는 이렇게 자위하면서 친구들의 눈치를 살펴야 했다.

나는 최대한 빨리 체크인하고, 점심부터 챙기고, 자유롭게 쉬게 해야 했다. 그리고 좋든 싫든 이곳에서 세 밤을 자야 한다. 그래서 신경 쓰이는 게 많다. 바다가 보이는 2층 방 하나와 바다가 보이지 않는 똑같은 구조의 방 하나에 각각 트인 침대 두 개씩이 나란히 놓였고, 탁자 하나를 놓고 열 명 정도가 둘러앉아 차나 술을 마시기에는 부족하지 않은 공간이 있는 방 2개로 여덟 명이 들어갔다. 나와 박남철 씨만 따로 1층 어두운 방으로 들어갔다. 여러모로 불편해서 견디지 못하고 둘째 날부터는 2층으로 올라갔지만. 물론, 화장실은 샤워실로 같이 사용하지만 하나이어서 네 사람이 사용하기에는 좀 불편하겠으나 문만 열고 나가면 바다가 지척에 있고, 백사장을 거니는 사람들의 대화가 그대로 다 들리고, 야자수 나뭇잎을 흔들며 다가오는 바닷바람을 맞이하지 않는가! 게다가, 2층 야외로 나오면 이 모든 풍경을 내려다보면서 차를 마시고, 맥주를 마시며, 담

알로나 비치하면 각종 상점 외에 하얀 모래사장, 키 큰 야자수, 푸른 바닷물을 떠올리지 않을 수 없다.

알로나 비치 끝에 서 있는 김선호 씨의 세련된 모습

소를 나눌 수 있지 않은가! 이런 환경에서 즐거운 시간을 누리
지 못한다면 전적으로 우리가 능력이 없는 것이다. 풍경은 다
르지만, 우리의 해운대나 경포대 바닷가 모래사장에 지어진 집

에 와 있다고 상상해 보라. 하지만, 여기는 필리핀 보홀섬, 더 정확히 말해, 다리로 연결되었지만 가까이 붙어 있는 팡라오 섬(Panglao Island)에 있는, 그 유명한, 널리 알려진 '알로나 비치

(Alona Beach)'이다.

알로나 비치는 동서로 길게 뻗어있는데 그 길이는 2㎞ 남짓 되어 보였다. 바닷물이 와 닿는 해안선에서부터 종심이 그리 크지 않은 모래사장이 있고, 그 위쪽으로 붙어서 차 한 대 정 도가 지나갈 수 있는 도로가 형성되어 있다. 물론, 모래밭이 다 져진 비포장도로이다. 그 도로 밖으로는 온갖 상점들이 이어 져 있다. 상가의 종심은 대략 500~600m 정도로 보이는데 그 밖으로는 일반 차들이 질주하는 포장도로가 있다. 그러니까, 2,000m×600m 안에 적지 않은 리조트와 수많은 상점, 카페, 음식점, 공연장, 여행사 등이 들어차 있다. 밤 10시가 넘어야 상점의 간판불이 하나둘 꺼지기 시작하고 조용해진다. 그리고 키 큰 야자수가 군데군데 서 있어 이곳이 남국의 해변임을 알 게 한다. 그리고 이른 아침과 저녁으로는 해변을 거니는 사람 들이 많으며, 멀지 않은 바다 위로는 호핑 투어(Hopping Tour) 를 떠날 배들이 곳곳에 그림처럼 정박해 있다.

아이시스 방갈로에서 첫 밤을 보내며
-칵테일 한 잔의 맛과 흥

9월 3일 밤, 10시가 지나고, 해변의 상점들이 하나둘 문을 닫기 시작한다. 바다로부터 바람은 점점 세게 불어오고, 키 큰 야자수가 심히 흔들린다. 내일 호핑 투어를 할 수 있을까? 혹시, 기상조건 때문에 취소되는 것은 아닐까? 이런저런 생각에 마음이 심란해진다. 그러잖아도 진창언 씨가 초저녁에 돌연, 나더러 숙소에 예약한 호핑 투어를 취소하고 다른 곳으로 하자는 것이었는데, 귀가 얇은 나는 그의 말을 믿고 먼저 숙소 사무실로 가서 예약한 내일 호핑 투어를 취소하고, 진창언 씨가 염두에 둔 여행사로 함께 가보았는데, 정작 그곳에서는 '내일은 바람이 많이 불고, 어쩌고 저쩌구… 호핑 투어를 할 수 없다'라고 하는 것이 아닌가! 정말이지, 난감하기 이를 데 없는 상황이 벌어졌다. 나는 착잡한 심정으로 취소했던 내용을 복원하기 위해서 숙소 사장과 상담하러 갔는데 나를 의심하는 것 같아서 굴욕적인 얘기까지 해야만 했다. '만일, 다시 약속을 어기면 내가 개인적으로 그 비용을 다 내겠다'라고 말함으로써 취소된 예약을 복원시켰다. 그런데 지금 바람이 꽤 거칠게 분다. 과연, 내일 아침 일찍 그것도 6시에 호핑 투어를 하기 위해서 출발할 수 있을까? 만에 하나, 못 간다면 진창언 씨가 소개했던 그 업소에서 한 말이 진실했던 것이고, 이곳 숙소 여사장이 한 말은 무책임한 장사꾼의 말이 될 것이다.

내 마음은 싱숭생숭, '어디 가서 한잔 마실까?' 어슬렁거리는데, 다들 파장인 가운데 한 집에서만 유난히 귀에 익은 노랫소리가 흘러나온다. 그것도 생음악으로 말이다. 해변을 산책하던 나와 룸메이트인 박남철 씨와 임홍락 씨와 조용보 씨 등은 자연스레 그 집으로 발길을 돌려 들어갈 수밖에 없었는데, 그 집 한구석에서는 반주 도우미 한 사람과 함께 젊은 남성 가수 한 분이 열심히 노래 부르고 있었다. 척, 보아하니, 대여섯 사람이

라이브 카페 젊은 가수

박남철 씨 앞에 놓인 칵테일

술을 홀짝거리며, 그 가수의 열창을 듣고 있었다.

　분위기도 분위기인 만큼, 우리는 보드카에 대여섯 가지 이상의 음료를 섞어 만든, 그 이름도 생각나지 않지만, 칵테일을 시켜 마시며, 가수의 노랫소리에 젖어 들었다. 그러던 중 가수가 우리더러 일본인이냐? 묻기에 코리안이라 했더니, 한국노래 한 곡 부르겠다며, '라나에로스포'의 「사랑해」를 부르기 시작한다.

　　　사랑해 당신을 정말로 사랑해
　　　당신이 내 곁을 떠나간 뒤에
　　　얼마나 눈물을 흘렸는지 모른다오

　　　에에에 에에에에에에 에에에 에에에
　　　에에에 에에에
　　　에에에 에에에에에에 에에에 에에에
　　　에에에 에에에

　　　사랑해 당신을 정말로 사랑해
　　　멀리 떠나버린 못 잊을 님이여

　　　당신이 내 곁을 떠나간 뒤에
　　　밤마다 그리운 보고 싶은 내 사랑아

에에에 에에에에에에 에에에 에에에

에에에 에에에

에에에 에에에에에에 에에에 에에에

에에에 에에에

사랑해 당신을 정말로 사랑해

사랑해 당신을 정말로 사랑해

정말로 사랑해

우리는 이 노래를 함께 따라 부르며, 좋은 분위기가 점점 고조되어 감을 느꼈다. 심지어는 몇 안 되는 서양인들도 '에에에 에에에~' 후렴구를 따라 부르며 함께 어울렸다. 가수는 계속해서 이 노래만 부를 수 없으니 그들을 위한 유명한 팝송도 불렀다. 신나는 노래로 흥을 돋우었다가 아주 조용한 노래로 자신의 노래 솜씨를 뽐내는 듯했다.

우리로부터 대여섯 자리 떨어진 곳에 박박머리 서양인과 꽤 예쁜 젊은 여인이 밀애를 속삭이는 듯 다정하게 붙어 앉아 흑맥주를 마시고 있었는데, 우리의 목소리가 조금이라도 커지면, 그 녀석은 우리를 바라보며 입술에 손가락을 갖다 대면서, '쉬!' 하기를 아마도, 서너 번은 한 것 같다. 그러면서도 자기가 좋아하는 노래가 나오면 극성스럽게 손뼉을 치며, 고개를 흔들어대고, 따라부르기까지 한다. 이런 괘씸한 녀석 같으니라

서양인 두 남녀

고! 우리를 무시하는 거야? 생각하면서도 참아야만 했다. 그런데 그런 불편한 관계가 어찌 된 영문인지 몰라도 급반전되어 박남철 씨를 붙잡고 권투하는 시늉을 해 보이고, 뒤늦게 합류한 진창언 씨를 껴안고, 머리를 쓰다듬으며, 두 사내가 여자인 것처럼 춤을 추는데 내 눈에는 영락없는 변태(變態)처럼 보였다. 아마도, 취기가 올라오고 그 녀석 눈에는 동양인 남자가 귀엽게 보였는지도 모를 일이다. 하지만, 나의 이 같은 판단에는 모순이 좀 있다. 왜냐? 동성(同性)에게서 느끼는 성애가 조금이라도 있다면 어떻게 저 아름다운 여인을 가까이 두고서 밀애를 속삭이겠는가? 하여간, 학창시절에 복싱 국가대표선수까지 지냈던, 덩치 큰 박남철 씨도 그 녀석에게 껴안김을 당한 채 춤을 추었고, 상대적으로 몸집이 작은 진창언 씨도 완벽하게 껴안김을 당했다. 그 녀석 곁에

헤라 씨

'소리' 한가락 하는 임홍락 씨

있던 예쁜 여인은 남자 친구의 그런 모습을 바라보며 순진하게 웃으며, 마냥 즐거워한다.

그 바람에 얼마나 웃고 떠들며 즐거워했는지 한바탕 시간 가는 줄 몰랐다. 손님들의 흥이 고조되고 기분이 좋아짐에 따라서 가수의 팁 박스에도

의기투합하는 세 남자

달러 지폐가 두어 장 들어갔고, 신이 난 가수는 시키지도 않은 노래를 계속 들려주었다. 나아가, 우리 일행인 박남철 씨와 임홍락 씨도 나아가 노래 부르게 되고, 가수는 금세 음을 익히었는지 반주까지 넣어 주었다. 심지어는,

이 산 저 산, 꽃이 피니, 분명코 봄이로구나.

봄은 찾아왔건마는, 세상사 쓸쓸허드라.

나도 어제, 청춘일러니, 오늘 백발이 한심허구나.

내 청춘도 날 버리고, 속절없이 가버렸으니,

왔다 갈 줄 아는 봄을, 반겨 헌들 쓸 데 있나?

이렇게 시작하는, 임홍락 씨의 18번 「사철가」 완창에도 그럴 듯하게 추임새를 겸한 반주를 넣어 흥을 돋우었으니, 그 분위기가 어떠했는지 짐 작하고 남음이 있으 리라 본다.

이렇게, 우리는 칵 테일 한 잔에 취해 자정이 되도록 웃고, 떠들고, 노래 불렀으 며, 그 아름다운 여 인의 미소를 바라보 며 저마다 다른 상상 의 나랠 마음껏 폈는

박남철의 목을 껴안고 포옹하는 헤라의 남친

지도 모를 일이다. 여기는 필리핀 보홀섬 알로야 비치 중간 지점, 밤늦도록 오픈된 해변의 작은 라이브 카페!

둘째 날의 호핑투어

친구들은 호핑 투어 하루 전날 점심 후부터 줄곧 자유시간을 누렸다. 누구는 골목골목을 누비며 해변을 거닐었고, 누구는 한국 물품을 판다는 상점까지 찾아 걸어가 필요한 물품들을 사오기도 했다. 누구는 라이브 카페에 가서 노래를 즐기고, 누구는 방에서 작은 술 파티를 벌였다. 나는 친구들에게 내일 호핑 투어를 떠나는데 의견을 묻지 않을 수 없었다. 호핑 투어에 참여하지 않을 사람은 남아서 계속 휴식을 취하고, 갈 사람만 신청받아 아이시스 방갈로 사장을 만나 호핑 투어를 최종 계약했다. 이강수 진창언 조용보 김문수 이홍배 이시환 등 여섯 사람만 참여하기로 했다.

이 과정에서 김문수 씨는 참여한다, 안 한다 오락가락했다. 진행자로서는 자기 의사를 분명하게 밝히지 못하는 그가 미웠다. 최종적으로 그를 찾아가 직접 물었다. 분명, 안 간다고 했다. 그래서 나는 그를 제외했었는데 진창언 씨는 무슨 이유인지 모르지만 내게 무조건 가는 것으로 해달라고 요청했다. 순간, 저간의 사정이 있으리라 생각이 들어서 그의 말을 믿고, 김문수 씨를 포함한 여섯 사람이 참가하는 것으로 결정했고, 나머지 네 사람은 불참하는 것으로 결정짓고, 알아서 아침부터 점심까지 스스로 해결하라고 했다.

불참을 선언한 네 명의 친구는, 배를 타고 나가 특정 지역에서 바닷속으로 들어가 물고기 떼, 산호, 거북 등을 살펴본다는 일에 경험이 없고, 위험이 수반되는 일이라고 생각하여 자유시간을 누리겠다고 했다. 그런 의사를 존중하여 우리는 자유롭게 결정했고, 그 결과를 받아들였다. 호핑투어 후에 들은 이야기이지만, 이들은 아침, 점심을 먹을 만한 한식당을 찾아 나름 음식 먹기를 즐겼고, 깔라만시 주스와 망고 아이스크림 등을 먹는 등 해변에서 산책하고 낮잠도 즐겼다고 했다.

그러나 우리의 호핑 투어는, ①파밀리칸 돌고래 투어(Pamilacan Dolphin Watching Tour) ②발리카삭 스노클링(Balicasag Snorkeling Tour) 그리고 ③버진 아일랜드(Virgin Island) 해상국립공원 방문 순으로 이루어진다고 했다. 그리고 아침 6시에 우리를 데리러 사람이 온다는 것이다. 그래서 우리는 아침밥부터 걸러야 하는 상황임을 감안(勘案), 빵과 음료수와 비타민 등을 미리 사다가 놓았다. 진창언 씨가 갔다 왔다면서 한국

물품을 파는 상점을 안내해 주었다.

다음 날 아침 6시, 호핑투어 팀 여섯 명이 모두 숙소 앞 바닷가에 서 있었다. 바람이 제법 불었으나 해변은 너무 조용했다. 이윽고, 약속한 대로 한 여자가 나타났다. 우리를 데리러 온 것이다. 그녀를 따라갔다. 우리가 처음 이곳으로 올 때 차가 더는 들어오지 못한 막다른 골목 어귀로 인솔해갔다. 그곳에 오토릭샤(오토바이를 개조하여 4명 정도가 탈 수 있는 운반 교통수단) 두 대가 기다리고 있었다. 그것을 나누어 탔다. 릭샤는 새벽 공기를 가르며 어디론가 갔다. 20여 분 후에 도착한, 어느 한적한 시골 마을 바닷가

호핑투어 팀을 어느 한적한 마을 어귀 바닷가로 인솔한 여인의 밝은 미소

에서 사람들이 웅성거리고 있었다. 우리 말고도 다른 일행들이 있는가 보다 생각했다. 우리를 데리고 온 뚱뚱한 여성은 다른 젊고 섹시한 여성에게 우리를 인계했다.

우리는 새로운 그녀의 안내대로 멀리 바닷가에 떠 있는 배로 걸어 들어갔다. 첨벙첨벙, 걸어가다 보니 물이 무릎까지 찼다. 정박했던 배가 오도 가도 못한 채 멀리 서 있었기 때문이다. 그래서 우리는 그 배를 출항시키는 데에 일조했다. 다 같이 달라붙어서 '원, 투, 쓰리, 포' 구령에 맞추어서 힘을 쏟았다. 정말이지, 우리는 승조원 두 명과 함께 여덟 명이 한 조가 되어 일사불란하게 배를 밀어서 물이 깊은 곳으로 배를 밀어 넣었다. 이윽고, 배에 시동이 걸리고, 조심조심 깊은 곳으로 이동하여 서서히 움직이기 시작했다. 이곳에 여러 배가 정박했었지만, 우리를 태운 배가 제일 먼저 요란한 엔진 소리를 내며 출항하는 것 같았다. 시

호핑투어 팀을 싣고 떠나는 배의 조타수

작부터 힘을 쏟고 보니 기분이 좋아졌다.

이내, 배는 속도를 내기 시작했고, 우리는 세 사람씩 나누어 배의 좌우편에 앉았다. 달리는 배의 균형을 위해서였다. 배는

여러 척의 배들과 경쟁하듯이 한동안 너른 바다 위를 달려왔는데, 갑자기 속도를 줄이기 시작한다. 돌고래 출몰 지점 가까이에 다다른 것이다. 선장이 저기다! 외치자 우리는 일제히 그곳을 바라보았다. 돌고래 꼬리가 보일 뿐이었다. 이곳저곳에서 배들이 돌고래 몰이하듯이 움직였다. 나도 그 와중에 몇 마리의 돌고래를 보았을 뿐이다. 돌고래도 인간들 때문에 스트레스 좀 받겠다는 생각이 불쑥 들었다.

배는 방향을 틀어 다시 달리기 시작했다. 그 유명한 '발리카삭'이란 섬으로 가서 스노클링을 하기 위해서였다. 한참을 달려서 발리카삭 섬에 다가서고, 배는 정박했다. 우리를 데리고 온 선장은 우리를 먼저 장비대여점으로 안내했다. 이강수 진창언 조용보 세 사람만 하기로 하고, 세 사람은 선장을 따라가서 공원 입장권을 끊고, 장비를 대여하고, 바닷속으로 들어갔다. 나머지 김문수 이홍배 이시환 등 세 사람은 섬의 구석구석을 돌아다 보았다. 특히, 섬 안에서 살아가는 현지인들의 가옥과 생활상을 살펴볼 수 있었고, 섬의 뒤쪽 오염되지 않은 바닷가를 거닐며 아름다운 풍경을 만끽할 수 있었다.

그야말로 깨끗하고 푸른 바다가 펼쳐져 있고, 바닷가에는 키 큰 야자수가 간간이 서 있으며, 잠시 강렬한 햇빛을 피해 그늘에 앉아서 열대 과일을 먹으며 담소를 나눌 수 있는, 소박한 원뿔형 초막이 우산처럼 세워져 있었다. 어디선가 많이 본 풍경

필리핀 해상국립공원 버진 아일랜드에서 김문수·이홍배·조용보·진창언·이시환·이강수 제씨

발리카삭 섬 뒤쪽 바닷가 풍경 이모저모

버진 아일랜드에 여행자를 싣고 온 배들이 정박한 모습

이다. 필리핀 관광을 소개하는 책자에서 흔히 볼 수 있는 풍경이다. 물론, 위 사진들은 나의 핸드폰에 찍힌, 스노클링 장소로 유명한, 보홀섬에서 배를 타고 들어오는 '발리카삭'이란 작은 섬 뒤쪽 바닷가 풍경이다.

섬 앞쪽에서는 스노클링을 즐기는 사람들과 그들이 타고 온 배들로 북적이는데 뒤쪽 바닷가는 정말이지 왔다 갔다 하는 사람도 없고, 조용하고, 깨끗한 바다가 그대로 펼쳐져 있는 데다가 바닷바람마저 시원하게 불어온다. 선베드에 누워 아무 생각 없이, 그야말로 '멍때리기'를 해도 좋고, 무언가 골똘히 사색해도 딱 좋을 풍경이고 장소였다. 벨만 누르면 과일과 칵테일을 가져다주고, 벨만 누르면 언제든지 허기를 면하도록 먹고 싶은 최고급 요리를 대령하는, 그런 서비스 받기 좋은 곳이 아닌가 싶다. 사실, 이런 휴식과 힐링을 목적으로 여행한다면 이 같은 자연환경과 시설이 더 잘 갖추어진 팔라완(Palawan) 주에 딸린 코론(Coron) 섬으로 가야 할 것이다. 나는 언젠가 가족과 함께, 그러니까, 집사람, 아들, 며느리, 손자들을 데리고 꼭 가보리라는 꿈을 꾸기도 했다.

우리는 2시간 반 정도 산책다운 산책을 즐겼고, 스노클링을 즐기러 간 친구들은 바닷속에서 저마다의 능력대로 산호초를 볼 것이고, 물속을 유영하는 갖가지 빛깔의 물고기 떼를 볼 것이다. 좀 더 깊이 들어갈 수 있는 사람은 바닷속 절벽의 광대한 필리핀 보홀섬에서 출발하는 인근 '발리카삭 스노클링 투어'는 세계적으로도 유명하다. 동남아시아 최고의 스노클링 포인트로 꼽히는 곳으로 물고기의 종류가 다양하고, 그 수가 또한 많으며, 아름다운 산호초 군락지인 데다가 바닷속 절벽의 웅장함은 정말이지 대단하다. 그 스펙터클한 현장을 목도(目睹)하는 순간, 소름이 돋을 정도이다. 솔직히 말해, 이 책 속에 실리는 스노클링 사진들은 2017년 10월 16일부터 20일 사이에 가족과 함께 와서 현지인 선장과 조타수가 방수팩을 씌운 나의 핸드폰으로 찍어준 것들이다. 사진 속 구명조끼를 입은 이가 필자이고, 핸드폰으로 사진을 촬영하는 이가 선장이며, 그 옆의 사람이 조타수이다.

이들의 도움으로 태어나 처음으로 바닷속 아름다운 풍경과 전율이 올 만큼 웅장한 바닷속 절벽을 보고 남겨진 사진이기에 굳이 소개하는 것이다. 나는 이런 단 한 번의 경험으로 족하여 내가 가져간 방수팩을 이강수 씨에게 빌려주면서 수중 촬영을 하라고 요청했었는데 그가 촬영한 동영상은 흐린 물속에 거북이 지나가는 정도가 보였다. 아마도, 해당 지점을 잘못 인지하고 바닷속으로 들어갔을 것으로 판단되지만 만약, 그렇지 않고 제대로 들어갔다면 그동안의 환경 오염으로 산호초 군락지가 다 죽고, 바닷물도 흐려져서 물고기들이 없는 상황이 되었을 것이다. 정말, 그렇다면, 이것은 보통 심각한 문제가 아니다.

모습에 압도당할 것이다. 사실, 나는 5년 전에 바로 이곳에서 스노클링을 난생처음 해보았고, 이 3가지 요소를 다 보았다. 물론, 선장의 특별한 배려와 도움으로써 가능했다. 사실, 이런 특별 서비스를 받는 것도 다 돈임을 말해 무엇하랴! 그때는 아들이 나이 먹은 부모를 위해서 계약했기에 가능했고, 지금도 그때 내 핸드폰으로 찍은 수중사진을 심심찮게 들여다보곤 한다.

　사실, 이번 여행을 기획할 때 수중카메라를 한 대 살까 고민했었으나 결국엔 포기하고 핸드폰 방수팩 2개를 사 가지고 왔다. 스노클링 경험이 많은 이강수 씨에게 방수팩을 주고 사진 잘 찍으라고 했었는데 그의 핸드폰 동영상 속에는 흐린 물속을 지나가는 거북과 약간의 물고기들이 비쳤다.

　어쨌든, 우리는 스노클링팀과 합류하여 다시 배에 오르고, 배는 '버진 아일랜드'라는 해상국립공원으로 갔다. 이곳에 당도하는 시간에 따라 물이 차기도 하고 빠지기도 한다. 우리가 도착했을 때는 먼저 정박한 배들이 꽤 많았다. 그들을 피해 한쪽 가로 배가 정박했다. 우리는 조심스레 내려 드러난 하얀 모래밭으로 걸어 들어갔다. 공원 입장료를 받는 사람이 다가왔고, 우리는 인증 사진을 찍을 수 있도록 목책이 설치된 곳으로 가서 사진부터 찍었다. 물론, 먼저 온 사람들이 모두 사진을 찍을 때까지 기다려야 했다. 나이를 먹은 사람들에게는 이 정도

파밀리칸 돌고래 투어(Pamilican Dolphin Watching Tour)와 발리카삭 스노클링 투어, 그리고 버진 아일랜드 투어를 묶어 여행하는 사람들이 타고 온 배들이 발리카삭 섬 앞에 정박해 있는 모습

의 아름다움이 뭐 별것이 되겠는가마는 그래도 우리는 즐거움 마음으로, 특히, 숙소에서 자유시간을 누리는 친구들을 생각하며 주변 이곳저곳을 돌아다니며 사진을 찍었다. 특히, 작은 맹그로브 나무들이 밀집해 있는, 또 다른 섬 같은 곳으로 접근해 그들 뿌리 사이로 헤엄치고 있는 작은 물고기들을 보았다. 푸른 바닷물이 펼쳐져 있고, 하얗게 드러났거나 물속에 잠겨 있는 모래밭을 거닐며 부드러운 물과 발가락 사이로 파고드는 모래의 감촉을 느끼며 어린애처럼 걸어 다녔다.

이렇게 우리의 호핑투어는 점심을 거른 채 지속 되어 오후 2시경에 끝이 났다. 숙소로 돌아온 우리는, 휴식시간을 즐기는 친구들을 만나보지도 못한 채 늦은 점심을 먹으러 나갔다. 시-푸드(Sea-Food)를 전문으로 파는, 가장 크고 깨끗한 레스토랑이었다. 레스토랑 바깥 수족관에는 여러 가지 해산물이 살아 활발하게 움직이고 있었다. 우리는 에어컨 바람으로 너무나 시원한 곳에서 요리를 주문했다. 이강수 씨가 킹크랩 몇 마리와 생선 몇 마리를 개인적으로 사겠다며 별도로 주문했고, 우리는 기타 요리를 주문해 함께 먹었다. 역시 시원한 삼미구엘 맥주와 한국산 소주까지 시켜 배불리, 기분 좋게, 먹고 마시었다. 많이 움직인 사람이 많이 배고픈 것으로 이해되었고, 이강수 씨의 적극적인 활동이 허기를 자극, 식욕을 부추기지 않았나 싶었다. 당연히 바닷가에 왔으니 해산물 요리를 먹고 싶은 것은 너무나 자연스럽다. 게다가, 그는 해양수산부 공무원 출신이 아닌가. 그는 이 호핑투어를 한다는 말에 열 명 중 제일 먼저 신청한 사람이다. 평소에도 회(膾)를 좋아하는 그는 바닷물고기에 관한 한 전문가인 셈이다. 아마도, 그가 산 킹크랩 대게 값으로 돈 좀 썼을 것이다. 필리핀이라고 해서 물가가 저렴할 것으로 생각하면 오산이다. 이제 어디를 가도 자유롭지 못하다. 그동안 우리 물가도 많이 올랐는데, 특히, 코로라 대유행 3년을 거치면서 그랬듯이 우리보다 상대적으로 못사는 나라들도 물가가 오르긴 마찬가지인 것 같았다. 특히, 외국 여행자들이 즐겨 찾는 해산물 과일 등의 물가는 서울과 거의 비슷하다.

우리는 배불리 먹고 마시며, 늦은 점심을 쾌적한 분위기에서 화려하게 먹었다. 이제, 저녁 식사 욕구도 생기지 않을 것 같았다. 숙소로 돌아가 샤워하고 푹 쉬면 그만이다. 부러울 게 하나도 없었다. 그러고 보니, 호핑투어 하지 않은 네 사람이 어떻게 시간을 보냈을까? 지금 어디서 무엇을 하고 있을지 궁금해졌다. 우리는 남국의 뜨거운 햇살을 받으며 서둘러 숙소로 돌아갔다.

아이시스 방갈로에서
두 번째 밤을 맞이하여
-뜻하지 않은 위스키 원샷 두 잔에 취하다

어젯밤, 라이브 카페에서 주고받았던 대화 가운데 가장 중요한 사실을 나는 다음날에야 남철, 용보, 홍락, 홍배 등 제씨에게 전해주었다. 어젯밤, 그 여인에게 내가 내일 밤 저녁 9시에 다시 온다고 했더니, 그 여인은 활짝 미소를 지어 보이며, 자기도 오겠다며 꼭 오라고 당부했었다고 했더니, 모두가 '정말이냐?'며 나를 의심하기 시작했다. 의심한다는 것은 그만큼 관심이 있다는 뜻이다. 그래, 나는 9시에 그곳에 가보면 되지 않겠느냐며 자신감 있게 말했다. 사실, 이렇게 말한 나 자신도, 만약의 경우를 생각해야 하는데 혹, 잘못되면 친구들 앞에서 영락없는 거짓말쟁이가 되겠구나 싶은 생각도 들었다.

다들 그 여인 생각이 나는지 밥도 먹었겠다 해도 떨어졌으니 슬슬 산책하다가 그 라이브 카페로 가보자는 것이었다. 하여, 우리는, 다른 친구들에게는 말도 하지 않고 그 카페로 슬금슬금 걸어들 갔다.

　이윽고, 그 카페 앞에 당도하여 주변을 살피는데, 다른 서양인 남자들 예닐곱 명이 앉아서 그 가수의 노래를 들으며 술을 마시고 있었다. 과연, 그들은 올까? 오지 않을까? 반신반의하면서도 우리는 그냥 가서 빈자리에 먼저 앉아버렸다. 우리의 입장(入場)을 지켜본 가수가 말하길, "어제 나를 즐겁게 했던, 사랑하는 한국인이여, 거기 앉지 말고 자기 앞 가까운 곳으로 오라"고 마이크에 입을 대고 공개적으로 말했다. 그래, 우리는 노래 부르는 가수와 가장 가까운 자리로 가 앉으려는데 두 자리

첫인상을 강렬하게 남겼던 헤라 씨의 아름다운 모습

가 부족했다. 이를 알아차린 건장한 서양인 남자가 자기 자리를 양보해 주었다. 우리는 고맙다는 인사를 건네며, 두 칸씩 자리를 옮겨 앉았다.

그러자 가수는, 또 시키지도 아니한 「사랑해」를 부르기 시작했다. 우리도 자연스럽게 따라 불렀다. 분위기가 금세 고조되어 가는 것 같았다. 바로 그때, 그 아름다운 여인 「헤라」와 그녀의 남친 「조엘」이 나타났다. 그들은 우리를 보더니 지나칠 정도로 반갑다고 인사하며, 흑맥주를 주문하고, 술병이 배달되자 우리 쪽을 바라보며 건배를 리모컨으로 쏘아댔다. 그것도 여러 번씩이나!

헤라 씨가 사준 위스키 두 잔에 취기가 오르고, 급기야 헤라 씨는 자리를 옮겨 즐겁게 포즈를 취했다.

이런 풍경이 점점 짙게, 자주 그려져 갈 때, 홍배 씨와 홍락 씨의 기분 좋은 취기가 작동하고 있었다. 홍배 씨는 팁을 준다고 1,000페소 지폐를 꺼내 들었고, 그 여인과 남친에게 다가가 격하게 포옹까지 했다.

홍락 씨는, 돌연 우리가 마시던 보드카 칵테일 두 잔을 추가 주문하고, 그 두 잔의 칵테일을 남철 씨에게 부탁해 헤라와 조엘에게 주라고 하여 칵테일 한 잔씩이 남철 씨에 의해서 그들에게 건네지자 상황이 급진전 되어 갔다.

바텐더가 생각지도 않은 위스키 한 잔씩을 우리 앞에 놓고 물러났다. '이것이 무엇이냐?' 했더니 그 미인 「헤라」를 가리킨다. 그러자 그 아름다운 여인이 똑같은 양주 한잔을 들고 바텐더 자리로 들어와 우리에게 '취얼스(Cheers!)'를 외치며, 우리 앞에서 보란 듯이 원샷을 먼저 해 보였다. 그리고는 우리에게도 '원 샷(One Shot = Bottoms Up)'을 요구했다. 그래, 어쩔 수 없이 우리도 스트레이트 위스키 한 잔을 단번에 입안으로 털어넣었다. 순식간에 목이 뜨거워졌다. 순간, 대단한 여인이로구나! 생각했다. 원샷을 한 우리의 표정을 살피던 그녀는 웃으며 제자리로 돌아갔다.

칵테일 두세 잔에 양주 원샷까지 하고 나니 취기가 은근히 올라왔다. 그래서일까? 가수의 노래는 우리의 귓구멍을 파고들었고, 건장한 서양인들의 신청곡까지 간간이 부르며, 분위기를 고조시켜 갔다. 그러던 중 또 한 잔의 위스키가 배달되었다. 그녀를 바라보았다. 그녀는 웃으며 자기 자리에서 일어나 다시 바텐더 자리로 들어왔다. 그녀는 우리 앞에서 우리를 바라보며 또 '취얼스!'를 외치며 원샷을 먼저 해 보였다. 그녀가 보란 듯이 양주 스트레이트를 단번에 마셔버리니 사내들이 어떻게 마시지 않고 빼거나 버틸 수 있으랴. 우리도 질세라 그녀가 지켜보는 앞에서 일제히 잔을 비우고 머리 위로 잔을 치켜들었다. 그리고 나는 취기의 힘을 빌려서 일행의 과거 직업들을 소개했다. 고등학교 교장 선생님, 세계권투연맹 심판, 큰 농장주, 회사 중역이라고 했더니, 그 여인의 반응은 '교장 선생님'에게 꽂힌 듯 거듭 놀라는 표정이었고, 홍락 씨한테 눈길을 주었다. 아마도, 존경하는 마음에서였을 것이다.

우리는 그렇게 빠른 속도로 취해갔다. 급기야 여인도 취하고, 우리들의 자리 한 가운데로 옮겨 앉아 기념사진을 찍고, 횡설수설 대화들을 이어나갔다. 그야말로, 임홍락 씨가 전한 칵테일 한잔이 위스키 두 잔의 원샷을 부르고, 위스키는 우리를 취기와 흥분 속으로 몰아갔다. 박남철 씨가 중심을 잡고 그들에게 건너가 자기 명함을 건네고, 그 옆자리에 앉자 그 여인은 반가워 죽는 듯 껴안기까지 했다.

한편, 홍락 씨는 또 「소리」를 했고, 모두가 취해가는 줄 모른 채 취해가고 있었다. 순간적으로 이를 지각했음일까, 홍락 씨가 제일 먼저 '이제, 그만!' 돌아가자고 했다. 어쩌면, 그는 더 있으면 안 되겠다는 생각을 했는지도 모른다. 그래, 우리는 자리에서 일어나 몇 걸음 떼었다. 그러자 여인이 돌연 크게 소리쳤다. 가지 말고 돌아와 앉으라! 그녀의 외침은 명령조로 들렸다. 아마, 그녀도 우리 이상으로 취했으리라. 우리는 엉거주춤 다시 자리로 돌아와 앉았다. 그녀의 목소리는 하늘을 찌르는 듯 가수의 마이크를 잡고 열변을 토하듯 뭐라고 지껄여댔다. 나도 그녀가 하는 말의 내용을 다 알아들을 수 없었다. 영어 실력도 짧은 데다가 이미 취했기 때문이다.

취중에 기억에 남아있는 말이란 그저 몇 마디에 불과했다. 그녀는 세부에 산다고 했다. 가수는 이 여인이 자기 아내이자 친구라고 했다. 아내의 친구도 아니고 자기 아내라고? 그러자 그

급기야 가수의 마이크를 들고 외치는 헤라 씨!

녀는 아내가 아니라고 강조하면서 그냥 친구라고 했다. 순식간
에 서로의 정체성이 드러났다. 그렇다면, 어제오늘 나란히 앉
아 키스하듯 밀애를 나누는 듯한 저 조엘과의 관계는 어떤 관
계일까? 현재의 남친? 알 수 없다. 자칫, 술이 술을 마시고 취
기의 중심을 잡지 못하면 난장판이 될 수도 있겠다는 생각도
들었다. 눈을 맞춘 듯 일제히 일어나 발길을 돌리는 우리에게
여인은 취하여 가수의 마이크를 잡고서 또 외친다. "내일, 내
일, 또, 오라!"고. 그녀의 간절함이 묻어나는 외침을 들으며, 우
리는 비틀비틀 발걸음을 옮겨 숙소로 향했다. 분명, 취하긴 했
으나 우리의 머릿속에서는 그녀의 진짜 정체성에 대해서 의문
만 쌓여 갔다.

보홀섬 이곳저곳을 여행하는 날

이곳 아이시스 방갈로에서 이틀 밤을 자고 난 아침, 우리는 식사를 마치고 느긋하게 8시에 숙소 앞에서 기다렸다. 숙소의 한 여자 근무자가 우리를 대기하고 있는 차량이 주차된 곳으로 안내해 준다. 차량이 바닷가로 올 수 있는, 지정된 곳까지 가니 운전기사와 차량이 우리를 기다리고 있었다. 나는 운전기사와 가볍게 인사를 나눈 뒤 차례차례 모두 승차했는지를 확인한다. 그리고 시티 투어(City Tour)를 통해서 꼭 가볼 만한 곳을 최종적으로 결정해야 했다.

사실, 이곳에서 '시티 투어'란 가서 구경할 곳들이 이미 다 정해져 있었다. 운전기사가 가지고 온 시티 투어 안내판을 보고, 내가 정리해 온 내용과 비교해 가며, 우리가 꼭 가보아야 할 곳들을 일일이 확인했다. 무더운 날씨에 힘들고 다소 위험이 수반되는 곳과 놀이는 하지 않는다는 친구들의 바람을 적용하

나비 정원 앞에서

니 두 가지가 제외되어야 했다. 세부에서도 세계적으로 유명한 카와산(Kwasan) 캐니어닝(Canyoning)을 제외했듯이, 이곳 보홀섬에서도 로복강 크루즈(Loboc River Cruse)라든가, ATV(All Terrain Vehicle) in Carmen 등은 제외되었다. 그러다 보니, ① 혈맹기념상(Blood Compact Shrine), ②바클레욘 교회와 박물관(Baclayon Church & Museum), ③안경원숭이(Tarsier-in Loboc), ④나비 정원(Butteryfly garden), ⑤초콜릿 힐(Chocolate Hills) 등으로 정리되었다. 그리고 생각지도 않은 ⑥Bilar Man-made Forest를 보는 대신에 맹그로브 숲(Mangrove Forests)과 동굴

나비 정원 안 나비와 애벌레 등을 살펴보고 난 뒤 익살스러운 해설사가 호랑나비 한 마리를 붙잡아 찍어준 사진

(Cave) 등을 포기했다. 나는 여행 기획자로서 이 정도면 충분하다고 판단했고, 이들 관광 스팟 항목을 하나하나 찍어가면서 운전 기사에게 재확인시켰다. 운전기사도 좋다고 했다.

　제일 먼저 간 곳이 '나비 정원'이었다. 「BOHOL Leruur@ Butteryfly PARK」라는 간판이 크게 내걸린 곳이었다. 척 보니 규모가 작은 사설 농장 같았다. 도로변에 붙어 있는, 크지 않은 주차장이 비포장이었고 왠지 시설이 열악해 보였다. 그런데도 입장료를 받고, 수많은 여행자를 상대했는지 뚱뚱한 안내원이

동심으로 돌아간 노인들과 앵무새

나와 우리를 작은 유리 온실 안으로 안내한다. '호랑나비', '앵무새' 등 우리말로 발음하며 익살스럽게 안내한다. 그는 호랑나비 한 마리를 잡아 단체 사진까지 찍어준다. 앵무새가 있는 방에서도 마찬가지다. 우리의 머릿속에는 참 시시하다는 생각을 하면서도 몇 종류의 동물 사육장 우리를 둘러보고 기념품 파는 가게로 나왔다. 구조가 그렇게 되어있었다.

비단뱀을 목에 두른 김문수 씨

　김문수 씨는 동심으로 돌아가 노란 큰 비단뱀을 목에 걸고 사진까지 찍으며 좋아라, 한다. 우리는 갑자기 어린애가 되었다. 원래는 필리핀 관광청 홈페이지에서 소개하는, 110종의 다양한 나비들을 관찰할 수 있고, 안내원의 설명을 들 수 있다는 '심플리나비보호센타(Simply Butterflies Conservation Center)'로 가야 하는데 문을 닫았다는 이유에서 이곳이 대신하고 있었다.

울창한 마호가니 나무가 터널을 이룬 길에서 단체 사진을 찍고 이곳저곳을 산책하듯 거닐며 잠시 심호흡하는 시간을 누렸다.

우리는 단체 사진 석 장을 찍고 다른 장소로 갔는데 두 번째로 간 곳이 「만 마디 숲(man madi forest)」이다. 애당초 우리의 계획에는 없던 곳인데, 현지 여행사에서 둘러볼 곳으로 정해놓고 안내하는 곳이었다. 하지만, 초록의 숲길을 걷는다는 것은 기분전환도 되고, 건강상에도 좋다고 생각하여 기대하는 마음으로 갔다. '만만디 숲으로 기억하면 되겠군.'이라는, 뒤쪽에서 하는 말이 내 귀에도 들렸다. 덕분에 만 마디라는 단어가 기억되었다.

바라만 보아도 싱그럽고, 마음이 편안해지는 초록의 세상 한가운데에 서 있는 조용보 씨

여행을 마치고 자료를 찾아보니 「보홀 마호가니 숲(Bohol Mahogany Forest)」으로 불리는 곳 가운데 특정 지역이었다. Bilar(지역 이름) 인공조림으로 더 잘 알려진 보홀섬의 Loboc(지역 이름)과 Bilar의 경계를 따라 50km가량 뻗어있는 울창한 숲이다. 숲은 주로 흰색과 빨간색 마호가니 나무로 이루어져 있다고 한다. 우리는 키 큰 나무들이 오고 가는 차량이 겨우 비켜갈 정도의 포장도로를 터널처럼 보이게 하는 울창한 삼림(森林) 지역에 잠시 정차하고 내려서 주변을 걸으며 산책도 하고, 사진도 찍었다.

세 번째로 간 곳이 보홀섬의 상징인 「초콜릿 힐(Chocolate Hills)」이다. 여행자들이 제일 많이 몰리는 곳이 아닌가 싶기도 하다. 한적한 시골 마을 도로 옆 공터에 너른 주차장과 한 건물이 있었는데 그곳에서 입장권을 미리 끊고, 다시 차는 계속 달려 어느 산봉우리 하나로 갔다. 그곳에 크지 않은 숙박시설과 상점이 딸려 있었고 그 옆으로 더 높은 봉우리로 올라가는 계단길이 조성되어 있었다. 물론, 올라가면 더 너른 지역에 걸쳐 사방으로 분포된 초콜릿 모양의 작은 봉우리들을 볼 수 있다. 이곳이 소위, 전망대인 셈이다. 차들이 여행자를 싣고 왔다가 내려주고 다시 주차장으로 가서 시간에 맞게 기다렸다가 돌아온다. 바로 차가 돌아나가는 지점에 초콜릿 힐을 배경으로 기념사진을 촬영할 수 있도록 'I♥CHOCOLATE HILLS'라는 글자판이 세워져 있기도 하다.

우리의 고대 삼국시대 왕릉을 연상시키는 초콜릿 힐에서

전망대 아래쪽 모습

초콜릿 힐 전망대 오르는 계단 길

이 초콜릿 힐을 볼 수 있도록 조성된, 이곳은 타그빌라란 시에서 약 55㎞ 떨어져 있는데 그 모양이 허쉬 키세스 초콜릿처럼 생겼고, 그 높이가 30~50m 정도인 구릉, 가장 높은 것은 120m짜리도 있지만, 이 1,268개가 모여있다. 특히, 건기(11월~5월)가 끝날 때쯤이면 풀로 덮인 녹색이 갈색으로 변하여 '초콜릿 언덕'으로 그 이름이 붙여졌다고 전해진다. 현재 구릉 2개가 개발되어 그 정상에는 숙박시설과 전망대 등의 시설이 갖추어져 있다.

이 초콜릿 힐 하나하나는 원뿔형으로 '조종석 카르스트(cockpit karst)'라고 불리는 지형학적 특징을 갖는데, 강우, 지표수, 지하수 등에 의한 석회암의 용해와 해수면 융기, 그리고 지각의 풍화작용, 하천에 의한 지하 침식 등 여러 요소의 조합으로 만들어졌다고 한다.

우리의 고대 삼국시대 왕릉을 연상시키는 초콜릿 힐의 아름다운 모습

우리의 여행 계획에 없던 폭포 앞에서

우리는 운전기사와 약 30분 후에 다시 만나자고 약속하고 모두 전망대까지 올라갔다 내려왔다. 직접 와서 보지 않으면 궁금하고 호기심이 작동되지만, 막상 현장에 와서 보면 싱겁기 그지없다.

약속된 시간보다 15분 이상 늦게 도착한 운전 기사에게, 이곳을 오면서 이강수와 김선호 씨가 제안한 '폭포(瀑布)'를 들렀다가 다음 행선지인 필리핀 안경원숭이를 보러 가자고 했더니 처음에는 회사 차량이고 지피에스 운운하며 곤란하다고 말

언제나 일행과 떨어져서 사유하는 듯 사진을 찍는 진창언 씨 : 그는 늘 홀로 구석구석을 살펴보며 사진 찍기에 분주했다. 그래서 얻은 별명이 「독립군」이다. 자신이 촬영한 사진들을 동영상으로 음악과 함께 제작하고, 다양한 역사적인 자료들을 탐구하면서 얻은 개인의 의중을 문장으로써 드러내기를 좋아한다. 여행 중에도 여러 편의 동영상을 제작하여 동창회 단체카톡방에 올림으로써 우리 2631의 품위를 제고(提高)해 왔다. 그의 이런 작업은 지금도 진행형이다.

한다. 그래서 잠시 뜸을 드리다가 팁을 좀 주었더니 금세 '오케이'하며 가긴 갔는데, 비포장도로에 곳곳이 도로 정비공사 중이어서 들어가고 나오는데 애를 많이 먹었다. 새 차에 흠집이나 생기지 않을까 걱정이었는데 무사히 돌아 나왔다. 결과적으로, 박남철 씨기 운전 기사에게 미안하다며 팁을 추가로 주기도 했지만, 계획에 없던 곳 한 곳을 보러 가는데 조금 무리한 것은 사실이었다.

현장이라고 차를 세우고 폭포가 있는 쪽으로 내려가려니 누군가가 부른다. 티켓을 먼저 끊으라 한다. 정말이지 구멍가게만도 못하는 허름한 건물에 사람이 앉아서 입장권을 팔고 있었다. 영수증을 보니, 폭포의 이름도 없고, OFFICE OF THE PROVINCIAL TREASURER PROVINCE OF BOHOL에서 발행한 수입인지 같은 종이에 '캐시 티켓(CASH TICKET)'이라는 말만 쓰여있다. 우리는 쪼르르 골목길을 따라 내려갔다. 하천이 뚝 꺼져 강물이 떨어지고 있었다. 바위가 보이고, 모래톱이 보이며, 아래로는 야자수가 기울어져 서 있다. 폭포는 폭포이긴 한데 풍광이 다른 이국(異國)의 작은 폭포였다.

다섯 번째로 간 곳이 가장 보고 싶었던 필리핀 안경원숭이가 사육되는 공원이었다. 오후 1시가 좀 지나자 배고픈 기색이 역력했다. 이 노인들이 배가 고프면 화가 날 수도 있으니 사진으로만 보았던 안경원숭이를 보기 전에 식사부터 해야 할 판이었다. 「Zoolocal and Botanical Garden」이라는 곳 입구에 도착하여 보니, 매표소에서는 입장권 필수, 뷔페식 식사 선택이라는 식으로 티켓을 팔고 있었다. 순간적으로 고민했으나 식권과 함께 끊었다. 우리는 차에서 내려 먼저 식당으로 갔다.

뷔페식당이라고 해보았자 쌀밥에 열두세 가지 요리가 진열되었고, 마음껏 퍼다가 먹을 수는 있었다. 색다른 요리라 하면 민물고기찜 같은 요리도 있었고, 가장 흔한 것이라면 치킨이 있

매력적인 보홀 동·식물원에서

었다. 여행 중에 현장에서 이런 정도면 훌륭하다고 생각하는데 친구들의 마음은 아마도 아니었을 것이다. 여하튼, 우리는 각자 한자리에 앉아 먹을 수는 없었지만 나름대로 허기를 충분히 달랬고, 비교적 아름답게 가꾸어진 정원을 산책하며 화장실까지 가서 용무를 보았다. 우리는 삼삼오오 정원의 꽃들을 감상하며 안경원숭이가 있는 곳으로 입장권을 보여주고 들어갔다.

보홀섬을 대표하는 상징적인 동물이 바로 필리핀 안경원숭(Tarsier)인데 이는 가장 작은 영장류이고, 주로 곤충을 잡

점심을 먹고 난 뒤 아름다운 정원에서 잠시 대화를 나누는
이홍배·박남철 씨

눈을 감은 채 잠자는 모습밖에 볼 수 없었던 필리핀안경원숭이

필리핀안경원숭이와 필자

아먹고 산다. 사마귀 새까지도 잡아먹는다고는 한다. 몸집은
8.5~16㎝ 정도밖에 안 되고, 그 수명은 2~12년이다. 둥그렇
고 큰, 두 눈이 튀어나온 듯한 모습으로 귀여우나 사납고 야행
성이다. 나는 이 원숭이를 꼭 보고 싶었는데 이제야 보았고, 사
진까지 찍을 수 있었다. 우리가 방문한 공원에는 4마리가 있었
다. ①입구에 조용히 하라 ②사진 촬영 금지를 알리는 팻말이
붙어 있었는데 알 수 없는, 몸집이 작이 보였지만 다부지고 영
민해 보이는 한 젊은이(?)가 내 핸드폰을 받아 찍어주었다. 큰
혜택을 입은 것 같았다. 정중히 각별한 친절에 고맙다고 인사

바클레욘 교회 앞에서

했더니 나를 힐끗 쳐다본다.

여섯 번째로 간 곳이 바클레욘 교회와 박물관(Baclayon Church & Museum)이다. 바클레욘은 1596년 예수회 사제 후안 데 토레스(Juan de Torres)와 가브리엘 산체스(Gabriel Sánchez)에 의해 설립되었으며, 1717년에 본당으로 승격되었고, 현재의 산호석 교회는 1727년에 완공되었다. 아우구스티누스 회상은 1768년에 예수회를 계승했으며, 그 이후로 교회를 크게 개조했다.

이 교회는 필리핀 국립 박물관에 의해 국가 문화재로 지정되었으며, 필리핀 국립 역사위원회(National Historical Commission of Philippines)에 의해 국립 역사 유적지로 지정되었다. Maragondon, Loboc, Guiuan 교회와 함께 이 교회는 이전에 필리핀의 예수회 교회 집단 그룹에 따라 1993년부터 필리핀의 유네스코 세계문화유산 잠정 목록에 포함되었다. 2013년 7.2 강진이 보홀과 중부 비사 야스의 다른 지역을 강타했을 때 교회 건물이 크게 파손되었으며, 현재의 모습은 2014년부터 2018년까지 필리핀 국립 박물관에 의해 재건되었다.

우리가 도착했을 때는 교회의 출입문이 굳게 닫혀 있었고, 내부의 화려한 모습은 볼 수가 없었다. 이 교회에 대한 자세한 정보는 WIKIPEDIA encyclopedia에서 확인할 수 있다.

혈맹기념상 앞에서

일곱 번째로 간 곳이 「혈맹기념상(Blood Compact Shrine)」이다. 'Legazpi-Sikatuna Blood Compact' 또는 'Sandugo(한 피를 의미하는 Visayan 단어)'라고 불리는데 1565년 3월 16일 스페인 탐험가 Miguel López de Legazpi와 Bohol 의 족장인 Datu Sikatuna 사이에 이곳 Bohol 섬에서 피 협약 (Blood Compact)이 체결되었는데, 이는 부족 전통에 따라 우정 을 확인 공언한 것이다. 스페인과 필리핀 간의 첫 번째 우호 조 약이다. 이를 기념하기 위하여 Legazpi와 Sikatuna가 컵에 든 피를 마시기 위하여 잔을 치켜든 모습을 조형한 것이다. 물론, 양쪽에서 한 사람씩 배석(陪席)했고, 이를 인증(認證)하는 사제(司祭)가 서 있다.

우리는 이 조형물 앞에서 단체 사진을 촬영했지만, 마음 한구 석은 편치 못했다. 우리는 과거 일본의 식민지 생활을 36년 경 험했고, 그 과정에서 수많은 투쟁과정에서 피를 흘렸으며, 재 산과 생명을 잃었다. 그런데 이 나라 필리핀은 스페인으로부 터 무려 327년 동안이나 지배를 받았다. 게다가, 미국으로부 터 48년과 일본으로부터 3년이라는 세월을 식민지 국민으로서 살아야만 했다. 그래서 여행 내내 거리에서 만나는 필리피노 (Filipino)와 필리피나(Filipina)의 얼굴과 체형을 나는 유심히 살 펴보곤 했다.

우리가 필리핀 보홀섬까지 왔으니, 젊은이처럼 거칠게 놀지는 못하나 최소한 이 정도라도 돌아다니며 들여다보고 잠시 사유하는 시간을 가짐으로써 새로운 지식과 정보로써 충전할 수 있다고 보았다. 나는 여행 기획자로서 고민 아닌 고민을 많이 했었는데 그 핵심은 항시 '적절하게!'였다. 최고급 화려한 리조트 안에서만 머물며, 먹고 마시고 수영하고 유관 시설물을 즐기다가 귀국하는 것보다 이렇게라도 적절히 여행지의 역사 문화 관련 새로운 지식이나 정보를 통해서 자신의 머릿속을 채우는 일도 내 일상적인 삶의 질을 높이는 일이 되리라 생각했다. 그러나 조심스러운 것은 "야, 이 나이 먹어서 무슨 놈의 역사, 문화 타령이야. 우리 역사에도 관심 없는데…"라고 말하는 소위, '꼰대'가 되어버린 사람들도 주변에 적지 않기에 그 '적절하게!'를 의식하지 않을 수 없었다.

돌아보건대, 사람 사는, 지구촌의 그 어디를 가도 그곳만의 자연환경과 인간 역사가 함께 있게 마련이다. 잠시, 그 어느 곳에 들렸다면 다리품을 팔아서라도 하나라도 더 보고, 하나라도 더 느끼며, 조금이라도 더 사유하는 것이 곧 삶의 본질이고, 그것에 대한 반추(反芻)가 내 삶의 질을 향상하는 계기가 되어줄 것이라고 나는 믿어 왔다. 그래서 여행을 비교적 많이 즐겼다. 그 결과, 여행기 단행본 책을 다섯 권이나 이미 써 펴냈으니 이제는 그것들이 남아서 내 과거의 삶을 이야기하고 있다. 그것이 그나마 위안이 된다.

꽃의 정령(精靈)이 된

'베이런 뷰왁(Baylan Buwak)'

필리핀 보홀섬에 가면 'Bohol Enchanted(매력적인 보홀)'라는 간판을 단 동물원을 겸한 식물원(Zoological and Botanical Garden)이 있다. 이곳에서 보홀섬의 상징인 '필리핀안경원숭이'를 볼 수 있는데 그 입구에 조금은 낯선 조형물이 설치되어 있다. 그것은, 남자처럼 건장한 여인이 커다란 나무 기둥에 기대어 앉아서 오줌을 시원스레 누는 조형물인데, 자세히 살펴보면 이곳 사람들의 여성관을 엿볼 수 있다.

'베이런 뷰왁(Baylan Buwak)'이라는 이름을 가진 여인인데, 이 여인은 키가 크고, 파마한 검은 머리칼을 길게 늘어뜨린 채 커다란 나무 그늘에 앉아서 시원스럽게 오줌을 누고 있다. 그런데 요염하게도 빨간 립스틱과 빨강 색 브래지어를 착용했고 하늘색 치마를 입었다. 현장에서 보면 실제로 수돗물이 여성의 성기(性器)에서 쏟아진다.

여행자들은 이 조형물을 보고 신기한 듯 웃으며 좀 떨어져서 바라보거나 가까이 다가가서 여성의 생식기를 들여다보기도 한다. 그런데 그 조형물 앞에 모호한 안내판이 세워져 있다. 아마도, 오해하지 말라는 뜻인 것 같은데 그 내용이 모호하기 짝이 없다.

Baylan Buwak
believed to be the spiritual leader during their time.
she was known to be a flower lover.
during her time people believed that her urine causes the flower to bloom.

그 내용을 볼 것 같으면, '베이런 뷰왁'이라는 여인이 살던 시절에는 사람들이 그녀를 정신적인 지도자로 믿었는데, 그녀는 꽃을 좋아하는 사람으로 널리 알려졌다. 그 시기에는 그녀의 오줌이 활짝 꽃피게 한다고 믿었다는 것이다. 얼마든지 있을 수 있는 이야기이다.

예로부터 여자는 자신의 생식기를 통해서 아이를 잉태하고 낳는, 너무나 근원적이고 거룩한 일을 수행해 왔다. 이뿐만 아니라, 낳은 자식을 길러내는 노력을 아끼지 않는다. 이런 사실을 알게 된 남성들은 여자들만이 갖는 능력이랄까, 성품이랄까, 그런 여자의 순기능을 존숭하는 눈으로 바라보았다. 그래서 고대(古代)에는 여자의 생식기 자체가 다산(多産)을 통한 풍요(豐饒)를 상징하기도 했다. 심지어는 종교적으로 숭배 대상이 되기도 했다.

이곳, 보홀섬에 있는 동·식물원의 아름다운 꽃들도 꽃을 좋아하고 길러왔던 꽃의 정령(精靈)인 '베이런 뷰왁'이라는 오래된 믿음을 보여주는 것 같았다. 사실, 이 여인이 어느 시기에 실존했던 인물인지, 아니면, 전설에 나오는 인물인지 명확히 밝히지 않아 알 수 없지만 나는 후자로 판단했다.

우리가 여성의 생식기에 대해 성스럽고 아름답다고 여기듯이, 갖가지 모양과 빛깔로 피어나는 꽃 송이 하나하나에 대해서도 아름답다고 말하는데 이 또한 식물의 생식기관이다.

-2024. 01. 24.

시티 투어를 마치고
숙소에서의 보홀 마지막 만찬

-레촌(새끼돼지 바비큐) 먹던 날

우리들의 보홀 지역 시티 투어는 그렇게 막을 내리고, 우리는 숙소로 돌아왔다. 나는 들어오자마자 어젯밤에 특별히 부탁한, 이곳에서의 마지막 만찬을 점검 확인해야 했다. 여행을 기획하면서부터 필리핀의 전통요리이면서 우리 입맛에 맞아 다 함께 즐길 수 있는 것으로 작은 통돼지 바비큐, 여기 말로, '레촌(lechón:스페인어)'을 특별 주문했고, 몇 가지 안주(side dishes)를 부탁했었기 때문이다. 물론, 삼미구엘 맥주 20병과 탄두아니 럼주 2병, 기타 음료 등과 함께 말이다.

서양 사람들은 '젖먹이 돼지'라고 해서 'Suckling pig'라고 번역하지만, 우리 식탁 중앙에 놓인 돼지는 길이가 1m 정도는 족히 되어 보이는, 작은 새끼돼지(piglet)에 가까웠다. 속을 다 빼내고 통으로 불에 굽는 방식인데 기름이 쏙 빠져 속살은 매우 촉촉하고 부드러우며, 껍질은 아주 얇고, 조금 짰으나 바삭

새끼돼지 바비큐

하고 쫄깃쫄깃했다. 실제로, 작은 돼지일수록 콜라겐(collagen)이 다량 함유되어 있다고 한다. 현지에서도 특별한, 행사나 용도로 사용된다고 한다.

　우리의 식탁은 숙소에 딸린 레스토랑 앞 모래밭 길(해변을 거니는 사람들이 왔다 갔다 하는 길) 절반을 차지한 채 바닷가 쪽으로 차려졌다. 2인용 테이블 5개가 나란히 길게 놓였고, 그 중앙에 붉은색 돼지가 엎드려 누워있다. 그리고 그 위로 칼이 꽂혀 있다. 그리고 쌀밥을 비롯한 기타 안주류 몇 가지가 그 주변으로 적

바닷가 모래밭에 마련된 우리들의 만찬장

절히 배치되었다. 그리고 각자 앞에 맥주 1병씩과 개인 접시와
포크 등이 놓였다. 우리는 지나가는 사람들이 흘끔흘끔 쳐다보
고, 이 집 레스토랑 여종업원들이 모두 나와 지켜보는 가운데
우리의 여행을 위하여 건배를 제의하고, 한 마디씩 돌아가며
말하는 시간을 가졌다. 돼지고기를 자르고 찢는 서비스는 종업
원 가운데 한 사람이 해주었다. 물론, 팁을 주었다. 먹다 보니
미안하기도 하고 해서 직원들 먹으라고 돼지 1/3 정도를 머리
쪽으로 떼어주었다. 그 덕으로 더욱 즐겁게 술을 마시고, 밥을
먹을 수 있는 특별한 시간을 누렸다.

한 손으로 탄두아이 럼주를! 다른 한 손으로는 엄지 척!

한 사람당 맥주 2병씩과 럼주 몇 잔씩 돌아가니 모두 기분이 좋아졌다. 더 좋아지면 책임질 수 없기에 나는 공식적인 행사를 서둘러 마치고, 그 이후는 자유시간으로 돌렸다. 알아서들 각자 즐거운 시간을 자유롭게 누리라고 말이다. 사실, 이날의 파티는 바닷가 산책하기, 라이브 카페에 가서 노래 듣기, 오픈된 카페에서 차 마시기, 방안에 모여서 2차 술판에 대화하기 등으로 자정이 넘도록 계속되었다.

돌아보면, 이날 새끼돼지 바비큐 파티를 참 잘했다고 생각된다. 아쉬운 점이 있다면, 좀 더 일찍 특별 주문해 먹었더라면

레스토랑 여종업원들에게 인기가 많았던 이강수 씨

숙소의 사장과 종업원들이 우리에게 더 질 좋은 서비스를 제공
하지 않았을까 하는 점이었다. 실제로, 친구들 사이에서는 그
런 이야기를 하는 이도 있었다. 더 근원적으로는, 먹고 마시는
일보다 더 중요한 일은 거의 없을 것이라는 사실이다. 먹는 음
식에 대한 식욕이 얼마나 충족되느냐에 따라서 기분도 달라지
고, 행동에도 영향을 미치는 것을 보면 더욱 그러하다. 물론,
지나친 것은 추할 뿐 아니라 오히려 부족한 것만도 못할 수 있
지만 이날 시원한 바닷가 모래사장에서 우리만의 파티를 즐길
수 있었던 점은 대단한 자부심을 느끼게 했고, 어느 정도의 절
제된 마음이 서로 작용하여 주위 사람들을 불편하게 하지도 않

앗으니 '2631' 다웠다고 말할 수 있다. 친구들 가운데에는 음식 맛에 대해서 민감한 반응을 보이는 이도 있었으나 그것은 상대적으로 더 늙어서 자신의 건강 상태와 직접 관련된 상황에서 나온 불평이었고 불만이었다고 본다. 그래서 이해되었다.

내가 브라질에서 이구아수 폭포를 구경하기 위해서 여행할 때, 인근 어느 뷔페식당에 갔었는데 기름에 튀겨 쌓아놓은 닭다리가 어찌나 먹음직스러웠던지 그 순간, 식욕을 참지 못하고 제일 먼저 가서 그것을 가져다가 한입 물어뜯었는데 말 그대로 소금 덩어리여서 그냥 뱉어 놓을 정도였다. 나는 더운 지역에서 살며 땀을 많이 흘리는 그들만의 음식 맛을 생각지 못하고 너무 짜다고 불평한들 무슨 소용이겠는가 싶어서 껍질을 벗겨내고 속살만 가까스로 먹었던 이야기를 해주기도 했다. 물론, 생소한 음식 먹기 경험담을 늘어놓기로 하면 한도 끝도 없으나 여행자는 모름지기, 조금은 너그러운 마음을 내는 것이 매우 중요하다. 불평불만보다는 너그러움이 자신의 건강에 더 큰 도움이 될 뿐 아니라 함께하는 친구들한테도 좋은 인상을 남긴다는 점에서 이로움이 많기 때문이다.

여하튼, 우리는 비교적 비싼 새끼돼지 바비큐를 바닷가에서 먹으며, 많은 사람의 부러움을 샀고, 기분도 좋아져서 이날 밤 늦도록 술 파티가 벌어졌고, 모르고 지냈던 개개인의 내면적 특성을 이해할 수 있는 계기도 되었던 게 사실이다.

아이시스 방갈로에서
세 번째 밤을 지내며

우리는 기분 좋게 만찬을 즐겼고, 이제부터 자유시간이니 능력껏 바닷가 풍경과 밤을 즐기면 된다. 친구들은 일단 식탁에서 물러나 뿔뿔이 흩어졌다. 나도 나의 방으로 들어가 양치질을 하고, 좀 쉴까 했더니 룸메이트가 기다렸다는 듯이 해변을 산책하자고 한다. 둘이 나가느니 방안에 머무는 친구들을 모두 부르자고 제안했다. 임홍락 씨와 그의 룸메이트인 조용보 씨도 함께 나왔다. 우리는 해변을 거닐었다. 해변을 걷다 보면 라이브 카페 앞을 지나게 되는데 가까이 다가가니 다들 '그 여인'이 생각나는 모양이다. 오늘도 와 있을까? 궁금해한다. 나는 이제 마음을 비우고 이대로 산책하다가 방에 들어가 쉬겠다는 생각을 했다. 겉으로 드러내지는 않았지만.

그러나 막상 그 라이브 카페 앞에 이르자 모두 그곳을 바라본다. 그런데 뜻밖에도 그 카페에 한 번도 가보지 않았던, 일행

야외 카페에 앉아서 밤바다를 즐기는 진창언 씨와 이강수 씨

박남철과 헤라의 우정

가운데 이강수 씨와 김문수 씨가 먼저 와 앉아 있었다. 그 모습을 본 박남철 씨가 지나칠 리 없었다. 거침없이 앞서서 그곳으로 들어가는 것이었다. 이때다 싶어서 나와 조용보 씨는 그길로 돌아서서 조용히 숙소로 돌아와 버렸다. 차라리 잘된 일이었다. 나중에 들은 이야기이지만, 그 여인은 그곳에 있었고, 박남철 씨가 들어서자 놀라며 반갑게 맞이하였다고 한다. 그녀는 박남철 씨더러 '왜 이곳을 떠나지 않았느냐?'며 물었고, 박남철 씨는 어쩔 수 없이 내일 떠나게 되었다며 거짓말을 했다는데 그 길로 부랴부랴 헤어졌다고 한다. 믿거나 말거나이지만 말이다.

한편, 김문수 씨와 이강수 씨는 그곳에 앉아서 음악을 들으며, 친구들이 연이틀 드나들며 이쁘다고 난리를 피웠던 그 여인을 훔쳐보며 '뭐, 그렇게 이쁘지는 않네. 친구들이 호들갑을 떨었군.'이라고 생각했다는 것이다. 물론, 이것은 김문수 씨의 나중 이야기 그러니까, 귀국해서 농담 삼아 주고받는 이야기에서 드러난 말이다. 그는 자신의 핸드폰 갤러리에서 엉뚱한 여인을 가리키며, '이 사람이 아니냐?'며, 무엇이 그렇게 예쁘냐며 으름장을 놓기까지도 했다.

나는 방 안에 홀로 있으려니, 쉬이 잠이 올 리 없다. 한참 후에 돌아온 룸메이트는 임홍락 씨의 방으로 가자고 한다. 그곳에서 모두 모여 한 잔 마시기로 했다는 것이다. 내가 미적거리고 있으니, 임홍락 씨가 우리 방문까지 와 노크한다. 빨리 오라는 것이었다. 솔직히 말해, 나는 마지 못해 옆방으로 갔지만, 방안에는 잔칫상이 차려져 있었다. 탄두아이 술병이 보이고, 막걸리병이 다 보이고, 몇 가지 안주류가 보였다. 시종 짠 음식에 민감한 반응을 보였던 김선호 씨만 빠지고 여덟 명이 다 모여있었다.

우리는 주거니 받거니 마시다 보니, 자연스럽게 2631만의 좋은 분위기를 계속해서 이어갔으면 하는 바람에서인지 예정에도 없던 26회 동창회와 2631 발전 방안에 대해 많은 얘기를 주고받게 되었다. 우리를 묶는 끈이 바로 고등학교 동창회였기 때문이다. 특히, 2631에 대해서는 올 11월 하반기 가을 행사

보홀에서 마지막 밤을 불태우며

만 마치면 현 회장단이 물러나고 새 회장단이 구성되는데 이대로는 안 되겠다며 무언가 새롭게, 진정으로써 정성을 쏟을 회장단 구성을 박남철 씨가 제안했고, 이에 임홍락 씨가 적극, 동의했다. 나도 거들어 예전의 회장으로서 임무를 수행한 바 있지만, 구관이 명관이라고 박남철 씨가 다시 맡아 좋은 본보기를 보여주었으면 좋겠다고 제안했다. 그러자 겉으로 보기에는, 모두가 동의하는 것 같았다. 회장은 솔선수범을 보여야 하는데, 그러려면 첫째, 경제적 여유가 있어야 하고, 둘째, 시간을 낼 수 있어야 하며, 셋째, 덕망으로써 친구들을 두루 포용할 수 있어야 한다. 이런 조건을 갖춘 자가 마음이 흩어져가는 우리

2631를 다시 추슬렀으면 하는 바람에서였다. 그래, 반대하는 사람도 없지는 않았겠으나 대체로 동의하는 태도를 보였다. 이렇게 우리는 취중에도 2631의 어제와 오늘을 얘기했고, 내일을 걱정했다. 그러면서 '엄지 척'으로 포즈를 취하며, 방안에서 단체 사진을 찍기도 했다.

우리들의 밤은 그렇게 깊어 가고, 열정적인 임홍락 씨는 완전히 숙취로 떨어졌다. 우리는 그의 기분을 너무 잘 안다. 언제나 흥이 많고, 친구들에게 앞장서 베푸는 그는 열정만큼이나 가슴이 뜨거운 사내다. 기분이 좋아지면 사양하지 않고 술을 마시는 그가 먼저 취하는 것은 당연하다. 마침내, 박남철 씨가 그를 부축하여 침대로 눕혔다. 그 길로 우리는 자연스럽게 뿔뿔이 흩어졌다. 저절로 산회(散會)된 것이다.

16. 동방의 진주 필리핀

세부로 돌아가야 하는 날
오전의 자유시간

어젯밤 숙취로 다들 속이 편하지는 않았을 것이다. 그래서 해장국(Hangover soup)을 먹게 하면 좋은데 그런 메뉴가 있는 것도 아니고 나는 일방적으로, 메뉴를 골라 통일하였다. 흰쌀밥과 달걀 프라이, 튀긴 생선, 망고 쥬스, 커피 등이 함께 나오는 일종의 세트 메뉴를 주문하였다. 대체로, 만족스러워했다. 물론, 김선호 씨는 뜨거운 물을 받아 임홍락 씨의 누룽지를 넣어 불려 먹었다. 누구는 국산 컵라면을 먹기도 했다. 그런대로 아침 식사를 마치고 점심을 먹고 떠나기 전에 누리는 자유시간도 개인적인 능력과 의욕에 따라서 달랐다. 물론, 간밤에 술을 많이 마셔서 고생하는 친구도 있었다.

놀라운 사실은, 간밤에 숙취로 완전히 떨어진 임홍락 씨는 멀쩡한 얼굴로 나타나 비타민이 다량 함유된 깔라만시(Calamansi) 주스와 망고 아이스크림을 먹으러 가자고 제안했다. 나는 처음으로 그를 따라나섰다. 대여섯 집 건너 있던, 짜임새 있고 화려한 리조트의 야외공연장 겸 레스토랑이 바닷가 가까이에 있었다. 오전 시간이라 아무도 없었지만 깔라만시 주스와 망고 아이스크림을 팔고 있었다. 우리는 임홍락 씨가 내내 즐겨 마셨던 깔라만시 주스를 마셨고, 누구는 망고 아이스크림도 먹었다. 임홍락 씨가 친구들을 위해서 사비를 많이 썼던 것 같다.

임홍락 씨는 자신의 아주 친한 친구가 필리핀 세부에 가면 꼭 먹어보라고 추천하며 권한 것이 있다고 말하기를, 첫째가 이 깔라만시 주스이고,

깔라만시 주스로 속을 달래는 친구들

둘째가 망고 아이스크림이며, 셋째가 참치 머릿고기라고 했다. 나는 이 말을 듣는 순간, 여행 기획자로서 적이 놀랐었는데, 그래서 임홍락 씨에게 곧바로 문자를 보내기도 했었다. 참치 머릿고기를 날 것으로, 그러니까, 회(膾)로 먹느냐? 아니면 굽거나 튀겨 먹느냐? 라고 물었더니, 한 참 후에야 튀겨 먹는 것이라고 답장이 왔다. 그래서 일단, 안심되었다. 사실, 생선을 회로 먹는 경우는 우리나라나 일본에서 주로 먹고, 물론, 이제는 많이 퍼져 있긴 하지만, 세부나 보홀 어디에서 생선을 회로 먹을 수 있는지, 그것도 참치를 먹을 수 있는지, 그 가격은 또 얼마나 비싼지 알 수 없었기 때문이다. 그러나 나는 여행 준비 단계에서 꼭 횟감으로 참치 머릿고기를 먹어야 할 경우를 생각해서 수많은 자료를 뒤적거리며, 인터넷 검색을 통해서 세부에서 일본인이 경영하는 생선 횟집의 주소와 전번까지 메모해 갔었다. 그러나 다행스러운 것은, 회가 아니라 기름에 튀긴 참치 머릿고기라 했으니 일단 안심이 되었다.

깔라만시

그리고 망고 아이스크림은 필리핀이 아니라 다른 나라에서도 많이 먹어보았기에 전혀 문제가 되지 않는다. 먹고 싶은 사람은 개인적으로 자유시간에 사 먹으면 되니 말이다. 나는 망고 아이스크림이 아니라 '두리안 아이스크림'을 말레이시아 공항에서 먹고 비행기를 타기 전에 화장실로 직행, 양치질을 얼마나 해댔던가. 두리안의 독특한 에탄티올(Ethanethiol) 냄새 때문에 말이다.

두리안

평소에 먹기 힘든 과일이나 음식 등은 현지에 있을 때 맛보는 것이 옳다. 나는 그런 맥락에서 여행할 때 현지에서는 흔하지만, 평소에 먹기 어려운 음식은 애써 맛보는 '버릇 아닌 버릇'이 있었다. 임홍락 씨가 필리핀 여행할 때 세 가지를 메모해 와 맛을 보는 노력은 정말이지, 여행의 재미 가운데 하나로써 여행 경험이 많은 사람이 터득한 지혜이다.

그리고 '깔라만시(타갈로그어)'는 잘 알려진 바대로 아열대 지역의 유기물이 풍부한 모래흙에서 자라는 '깔라몬딘'의 열매로 비타민 C가 많고, 신맛이 강해서 오늘날 여러 가지 요리에 향신료로도 사용되며, 여러 가지 형태로 가공되어 먹기도 한다.

잼, 퓌레, 마멀레이드 등으로 가공되며, 주스나 케이크의 장식으로도 쓰인다. 현재 서울에 사는 나는 술을 과음했다 싶으면 냉장고에 들어있는 깔라만시 원액에 물을 타 마신다. 부족하기 쉬운 비타민을 공급하기 위해서일 뿐 아니라 체액의 산성을 알칼리성으로 중화시키기 위함이다.

이런저런 기본지식과 정보로 필리핀에 여행 와서 깔라만시 주스와 망고 아이스크림을 즐겨 먹는 임홍락 씨는 매일 밤 술에 취했어도 다음날 멀쩡한 얼굴로 나타나는 그만의 비결 하나를 드러낸 셈이 되었다.

나는 그의 초대로 깔라만시 주스 한잔을 마시고, 숙소로 돌아와 짐을 정리하고, 이곳에서의 마지막 샤워를 했으며, 방안도 대충 정리하고, 새 옷으로 갈아입고서 의자에 앉아 지그시 눈을 감았다.

창밖 푸른 바닷가와 야자수와 모래사장과 온갖 상점들이 떠올랐다. 그리고 이곳에 도착한 순간부터 지금 이 순간까지 3일 동안에 벌어졌었던 일들이 하나하나 떠올랐다. 웃음이 나오기도 했다. 이렇게 뒤돌아보는 시간을 잠시 누린 뒤, 나는 떠나야 하는 시간을 의식하며, 숙소 앞 집합시간과 장소를 단체카톡방에 올리고, 개인적인 짐을 빠짐없이 잘 챙기라고까지 알렸다. 그런 나는 정작, 내게 중요한 안경을 방에 놓고 나왔다. 그

▲ 그래도 간단하게나마 점심을

안경 없이는 컴퓨터 앞에 앉지도 못하는데 말이다. 다초점 렌
즈로 꽤 비싼 안경이었는데… 나는 자신을 책망하며 이 기회에
새로 안경을 맞추어야겠다고 마음먹고, 귀국해서 제일 먼저 한
일이 되어버렸다. 새 안경을 맞추는 데에 정병성 씨 도움을 받
아 비싼 안경을 비교적 싸게 맞출 수 있었다. 고마운 생각이 들
었다. 사람 사는 일의 많은 부분이 사람과 사람 사이의 관계에
서 결정된다는 사실을 새삼스레 느꼈다. 나도 누군가에게 필요
한 도움이 되어주며 살아야겠다는 생각도 자연스레 든다.

세부로 돌아가는 길과 막탄섬 여행

우리는 점심까지 먹고, 각자의 짐을 꾸려 오후 2시에 출발하는 세부행 오션 젯[배]을 타기 위해 2시간 전에 숙소에서 출발하였다. 순조롭게 타그빌라란 항구에 도착한 우리는 티켓 체크인을 먼저 해야 하는데 화물을 부치며 보안검사하는 곳으로 도착했다. 예약서류를 보여주자 티켓 창구로 가서 티켓으로 바꾸라고 한다. 그래서 나는 티켓 창구로 가서 티켓 체크인을 하고, 다시 돌아와 짐을 부치고, 검색대를 통과하는 절차를 밟았다. 그런데 뒤따라 오던 일행들 가운데에서 수군수군한다. 검색대 위에 놓인 김문수 씨 가방에서 맥주 한 병이 나온 것이다. 어제 먹다 남은 맥주를 가방에 넣어와 배 안에서 마시려고 한, 그만의 버릇이 들통난 것이다. 다들 속으로는 폭소를 터뜨렸을 것이다. 이곳으로 올 때 세부 항에서는 통했으나 이곳에서 나갈 때는 통하지 못하고 검색대에서 걸린 것이다.

여하튼, 우리는 안전하게 모두 대합실로 들어가 느긋하게 기다렸다. 사람이 없는 곳으로 자리를 잡고, 기다려야 하는 시간이 많이 남아 있기에 삼삼오오 차를 마시기도 하고, 맹인(盲人)들의 연주를 듣기도 하다가, 다들 피곤한지 대기석 의자에 기대앉아 한동안 묵상에 잠기듯 고개를 떨구기도 했다. 이윽고 세부행 승선 안내방송이 나오고, 우리는 차례차례 줄지어 배를 타기 위해서 걸어나갔다.

각자 자기 자리를 잡고, 또 두 시간 동안 배 안에 갇혀 있어야 했다. 여행은 놀고먹는 일인데도 불구하고 피곤한가 보다. 졸음에 겨워 자는 친구들도 있고, 모니터 화면의 영상을 시청하는 이도 있고, 대화를 나누는 이도 있다. 배가 세부 항에 가까워질수록 나는 우리를 기다리고 있을 운전기사와 만날 생각을 하며, 일찍 하선했으나 짐을 찾아야 하기에 기다려야만 했다. 짐을 찾고 나가니 찾는 짐 없이 먼저 나간 일행들이 이미 운전기사를 만나 손짓하고 있었다. 세부 시티 투어할 때 우리를 하루 내내 태우고 다녔던 젊은 사내이다. 나는 개개인의 짐을 이상 없이 차에 싣고, 열 사람이 모두 승차했는지 확인하고, 운전기사에게 약속한 대로 막탄 사원(Mactan Shrine)으로 먼저 가자고 했다. 거리상으로는 얼마 되지 않지만, 병목 구간이 많은 데다가 퇴근 시간과 맞물려 도로가 많이 막혔다.

막탄 사원(Mactan Shrine)은, 사실상 우리의 마지막 여행

막탄전투기념비

스팟(Spot)이었다. 그곳에는 포르투갈 탐험가 페르디난드 마젤란(Ferdinand Magellan)에게 헌정된 마젤란기념비(Magellan Monument)와 1521년 4월 27일 이른 아침 막탄전투(The Battle of Mactan)에서 마젤란이 이끄는 스페인 군인을 물리친 원주민 지도자 라푸라푸(Lapu-Lapu)를 기념하는 동상인 라푸라푸기념비(Lapu-Lapu Monument)가 세워진, 1969년 페르디난드 마르코스 대통령 시절 국가 신사(神社)로 설립된 광장(廣場) 같은 공원으로, 현재 필리핀 국민 교육장 구실을 하는 곳이다. 필리핀에서는 필리핀 원주민이 스페인 군대에 대항하여 승리한 첫 번째 전투로 기억되며, 라푸라푸는 필리핀 최초의 국가 영웅으로 칭송받고 있다. 그와 관련하여 세부 지방 의사당의 동상과 현지의 다양한 레드 그루퍼(능성어속 바닷물고기 총칭) 등 여러 기념물로써 그를 기억한다. 이뿐만 아니라, 영화, 노래 등으로도 제작되어 전해지고 있으며, 막탄 전투 승리를 기념하고 축하하는 축제인 '람파다'도 있다. 그리고 승전의 날인 4월 27일을 두테르테 대통령이 '라푸라푸의 날'로 선포하기도 했었다.

우리도 이곳 후문 쪽에 있는 주차장에 주차하고, 걸어서 정문으로 들어갔다. ①막탄 전투, ②페르디난드 마젤란, ③라푸라푸 등에 대해서 자세히 알면 알수록 이곳에 설치된, 라푸라푸 동상과 마젤란 기념비의 사연이 체감될 터인데 객관적인 정보가 거의 없이 도착했다. 그래서 여행 후에 이 세 개의 키워드에 대해서 자료조사를 해보기도 했으나 극히 제한적임을 알았다. 그

마젤란 기념비

러나 이들에 관해 정리해 볼 수 있는 데까지 정리하여 소개하면 이러하다.

　라푸라푸(Lapu-Lapu:1491~1542)는, 필리핀 막탄섬(세부섬의 동쪽 앞바다)의 영주(領主)이며, 이슬람 부족장이다. 페르디난드 마젤란은 세계 일주 항해 중에 필리핀에 내항(來航)하여 기독교로 개종하고, 스페인에 복종할 것을 요구했다. 이에 세부의 라자 후마본(Rajah Humabon:1491~ ?)은 굴복했고, 협조하고 있었으나 막탄의 라푸라푸는 거부했고, 급기야 1521년 4월 27일 새벽에 막탄섬으로 진입하는 마젤란의 군대를 격파시켰고, 마젤란을 죽여버렸

라푸라푸 기념 동상 앞에서

다. 이를 두고 '막탄 전투'라 하는데 이 막탄 전투는 마젤란의 세계 일주 탐사를 중단시켰고, 필리핀 섬의 스페인 점령을 1564년 미겔 로페스 데 레가즈피(Miguel López de Legazp:1502~1572)의 탐사대가 올 때까지 40년 이상 지연시켰다.

이런 라푸라푸의 생애에 대해서는 알려진 것이 거의 없다고 한다. 현존하는 유일한 그의 기록은 안토니오 피가페타(Antonio Pigafetta, 1491~1534)가 쓴 문서라고 한다. 그의 이름, 기원, 종교, 운명은 여전히 논쟁이 되고 있으나 필리핀에서는 민족 자존심을 지킨 국민적 영웅으로 칭송하고 있다.

페르디난드 마젤란(Ferdinand Magellan: 1480~1521)은, 필리핀에 간신히 도착하여, 군사력을 배경으로 부족장들에게 스페인 국왕에게 조공을 바치겠다는 서약과 기독교로의 개종을 요구하였다. 그는 부족장을 차례차례 굴복시켜 갔지만, 마젤란

마젤란 초상화

의 요구를 처음으로 거부한 사람이 바로 그 라푸라푸였다. 이에 격노한 마젤란은 1521년 4월 27일에 라푸라푸를 제압할 군사를 이끌고 막탄섬으로 진입을 시도했다. 섬의 지리와 조류를 다 알고 있는 라푸라푸는 필요한 군사적 정보를 수집하고, 주도면밀한 계획을 세운 후에, 막탄섬의 얕은 해안을 결전지로 선택했다. 간조 때문에, 배로 연안에 접근하지 못했던 마젤란과 그 부대는 함포 사격을 하지 못하고 상륙하여, 저항 세력을 결집해 기다리고 있던 라푸라푸의 군대와 교전을 벌였다. 라푸라푸는 투구와 갑옷으로 단단하게 무장한 스페인 병사들의 다리만이 무방비임을 알고 교묘한 전술로써 마젤란의 군사들을 물리쳐, 마침내 마젤란을 죽였다. 지도자를 잃은 마젤란의 부하들은 퇴각할 수밖에 없었다.

막탄 전투(The Battle of Mactan) 진행 과정을 좀 더 상세하게 여러 자료를 종합하여 재구성해 보자면 이러하다. 곧, 마젤란은 처음부터 피를 흘리며 싸우고 싶지 않았기에 라푸라푸를 설득하려고 했다. "너희가 스페인 왕에게 복종하고, 기독교인 왕을 통치자로 인정하고, 공물을 바친다면, 친구가 될 수 있을 것이다. 그렇지 않으면, 우리의 창(槍)이 얼마나 날카로운지 경험하게 될 것이다"라는 취지로 라푸라푸에게 편지를 보냈다. 이에 라푸라푸는 "너희가 창을 가지고 있다면, 우리는 불로 달군 죽창(竹槍)과 목창(木槍)을 가지고 있다"라고 응답함으로써 거부했다. 이에 화가 난 마젤란은 세부섬의 라자 후마본 왕을 비롯한 추종자들과 긴밀히 상의하여 막탄 원정대를 구성했고, 1521년 4월 27일 자정 무렵에 원정대원 60명을 갑옷으로 무장시키고, 이삼십 척의 필리핀 배에 올라탔고, 막탄섬에 날이 밝기 세 시간 전에 도착했다. 그러니까, 일출을 고려하면 아마도 새벽 3, 4시쯤에 도착했을 것 같다.

마젤란 원정대는 검·도끼·방패·머스킷(Musket:장총)·크로스보우(Crossbow: 석궁)·권총(지휘자) 등으로 무장했으나 해안선 근처의

필리핀 국기

돌출된 바위와 산호 때문에 배를 가까이 댈 수 없었고, 그로 인해서 사거리를 넘어 총포가 전혀 힘을 쓰지 못했다고 한다. 날이 밝아서야 무장한 병사 49명이 허벅지까지 차오른 물길 최소 500~1,000m 정도를 걸어서 육지 가까이에 접근했다니 그들은 시작부터 어려움에 직면했고, 라푸라푸 병사들은 150명

이상 되어 보이는 대열 세 그룹이 대기하고 있었다. 이 숫자는 마젤란 측의 기록이니 어림잡은 추산이라고 판단되나 다른 기록에서는 1500명으로 기술된 점으로 보아 상대적으로 월등히 많은 수임에는 분명해 보이나 이 역시 정확하다고 볼 수는 없다. 그러나 원정대 60여 명에 대항군은 수백여 명에 이른 것은 분명해 보인다.

원정대가 상륙하기 전에 머스킷(Musket) 병사와 크로스보우(Crossbow) 병사들은 약 30분가량 선제사격했지만, 사거리 밖에 있는 파푸라푸 병사들에게 타격을 입힐 수는 없었다고 한다. 마침내 원정대가 육지로 걸어 나오자 라푸라푸 병사들은 귀가 찢어질 듯한 큰소리를 지르며 일제히 돌격했다. 특히, 갑옷을 입고 투구를 쓰고 검과 방패로 무장한 마젤란 원정대의 최대 약점인 하반신 다리를 주공격 대상으로 삼았다고 한다.

11명으로 추산되는 원정대 지휘부도 탄약이 떨어져서, 나중에는 검과 도끼로 바꾸어 마젤란과 함께 대항군에 맞서 싸울 수밖에 없었다. 라푸라푸 병사들은 적장(敵將)인 마젤란을 노리고 공격을 집중했다. 그야말로 발악하듯이 라푸라푸 병사들은 쇠창·죽창·칼 등을 휘두르며 원정대와 육탄전을 벌였다. 마젤란도 팔에 창상(創傷)을 입었고, 참마도(斬馬刀) 같은 검(劍)으로써 다리를 배었다. 그 옆에 서 있던 호위대원들은 너무나 쉽게 제압당하여 죽었으며, 마젤란을 도우려던 다른 병사들도 창이나 검을 맞았다. 승기를 잡은 라푸라푸 대항군은 결국 마젤란 원정대를 압도하면서, 그가 죽을 때까지 찌르고, 내리쳤다고 한다. 이 과정에서 10명의 원정대가 전사했고, 이들을 돕기 위해 온 기독교로 개종한 세부 사람들도 죽임을 당했다. 이런 와중에서도 안토니오 피가페타(Antonio Pigafetta:1491~1531)와 다른 동료들은 세부로 도주했다.

　마젤란의 동맹인 라자 후마본과 줄루 추장은 마젤란의 만류로 이 전투에 직접 참여하지 않았다고 전해진다. 다만, 그들은 멀리서 지켜만 보았다고 한다. 그 후 마젤란의 시체가 라푸라푸 병사들에 의해 수습되었을 때, 후마본은 마젤란과 전사자들

필리핀의 굴곡진 역사를 상징적으로 보여주는 듯한 기념수

의 시체를 돌려달라고 명령했고, 그렇게 한다면 원하는 만큼의 재물을 주겠다고 제안했다. 그러나 라푸라푸는 단호히 거절했다. 이렇게 막탄 전투는 막을 내렸고, 마젤란은 죽었다.

우리 일행은 막탄 전투 주역인 라푸라푸 동상과 마젤란의 기념비가 세워진 「막탄 사원(Mactan Shrine)」에 당도했다. 해가 질 무렵인지라 쓸쓸했고, 아주 한산했다. 우리 일행 말고는 서너 사람이 전부인 것 같았다. 하지만 필리핀 국기가 높이 솟아있었고, 광장의 오래된 나무 한 그루가 그래도 이곳의 역사를 말해주는 듯했다. 일행 중에 누구는 이곳에 세 번째 왔다고 말했는데 과연, 그는 어떤 기분이 들며, 지금 이 순간 어떤 심정인지 모르겠다. 아무튼, 우리는 여기까지 왔으니 용맹스러워 보이는 전사 라푸라푸 동상 앞에서, 그리고 이곳에서 최후를 맞이한 마젤란을 기념하는 탑 앞에서 단체 사진을 찍고 돌아서면서 마젤란과 필리핀의 운명적인 관계를, 아니, 총포와 죽창의 관계를 상상하면서 세계지도를 다시 펼쳐 보기도 했다.

돌아보건대, 지구촌의 근대사는 유럽이 썼고, 현대사는 미국이 쓰고 있다고 해도 틀리지 않는다. 돌아보건대, 인류사는 분명 도적 약탈의 역사였으나 이제는 지구촌에서 살아가는 운명공동체의 일원으로서 상생 협력하는 시대를 열어가야 한다.

동방의 진주 필리핀

막탄섬에서 여행의 마지막 만찬

막탄사원을 둘러보고 주차장으로 돌아온 나는, 운전 기사에게 저녁 식사를 바다 생선을 먹을 수 있을 만한 레스토랑을 소개해달라고 했다. 우리가 주차장으로 돌아오니 금세 호객꾼들이 달라붙는다. 유명 관광지인 데다가 주변에서 식사하는 여행자들이 많기 때문인지 외지인들이 걸어가면 호객꾼들이 모여드는 것이다. 나는 이미 부탁한 만큼 운전기사가 안내하는 데로 따라갔다. 차가 주차된 막탄사원 후문에서 아주 가깝게 있는 레스토랑인데, 레스토랑으로 들어가는 입구에 진열된 생선들을 보고, 손님이 먼저 선택하게 하고, 그것의 요금을 계산하는 방식인데 서울 물가와 별반 다르지 않다. 아마도, 소개비도 주어야 하고, 의례 그렇듯이, 외지 여행자들이 주 고객이다 보니 비싸게 받는 것 같았다. 그러나 나는 모처럼 착한 운전기사가 추천해 준 식당인데 어지간하면 이곳에서 식사해야겠다는 생각에서, 그 진열장 앞에 돌려 서서 생선을 바라보는 친구들에게 먼저 먹고 싶은 생선을 고르라고 했다. 친구들은 참치의 일부, 게, 갑오징어 등 몇 가지를 골랐고, 그것들을 저울에 달아서 전체 가격이 매겨지는데 주인아주머니가 부르는 가격이 너무 비싼 것으로 느껴졌다. 아무래도 바가지를 쓰는 것 같아서 흥정이 불가피했는데 나는 다른 집으로 가는 시늉까지 해대면서 많이 깎았다. 사실, 다른 데로 갈라치면 여러 가지 제한요소가 따랐다. 그래서 적당한 선에서 결정해야 했고, 요리만 맛있게 해주면 된다고 생각하고, 생선값을 치르고 나니 술을 비롯한 음료를 주문하라고 한다. 안쪽에서 포도주를 밖에 내놓고 팔고 있었다. 하지만 우리는 습관처럼 삼미구엘 맥주 20병과 탄두아이 1병을 주문했다. 그리고 후식으로 과일을 약간 주문했다. 생선값 따로 계산하고, 술값 따로 계산하는 것으로 미루어 보아 조금은 어색했다. '주문한 생선 요리값도 따로 받나?'라는 생각이 불쑥 들었기 때문이다.

여하튼, 우리는 레스토랑에서 가장 큰 자리로, 그것도 바닷가가 보이는 쪽으로 가 앉았다. 열 명이 앉기에 다소 비좁았다. 하지만 별수 없이 좁혀 앉았다. 요리가 나올 때까지 기다렸다. 시간이 좀 걸렸지만, 요리가 나오기 시작했다. 한꺼번에 나오는 게 아니라 한 가지 한 가지씩 시차를 두고 나왔다. 생선이 다른 만큼 요리법이 다르다 보니 조금씩 시차가 있었다. 쌀밥도 주문했다. 친구들은 모두 맛있게 먹었다. 혹시, 입맛에 맞지 않는다면 어쩔까 싶어 조마조마했었는데 다행히 '최고의 맛'이라고 칭찬까지 아끼지 않는 친구들도 있었다. 지금 생각해도 희한하게 우리 입맛에 맞게 오징어는 오징어대로 참치는 참치대로 요리되어 나왔는데 제법 맛이 있었다. 워낙 많은 사람이 오가는 곳이라 그런지 요리 솜씨는 손님의 입맛에 딱 맞추어져 있었다.

우리가 한참 요리를 먹고 있는데 웅성웅성 옆 테이블에도 단체 손님이 들어오고, 돌연, 하프 연주자 맹인(盲人)이 나타나 우리 식탁 곁에서 연주하기 시작한다. 우리는 밥을 먹으며 한참을 귀담아들었다. 보통은 기타를 치거나 바이올린 등을 연주하는데 자기 몸보다 큰 하프를 들고 와 연주하다니 이런 모습은 좀 생소했고, 그 소리 또한 낯선 만큼 자연스레 우리들의 귀도 집중될 수밖에 없었다. 누군가가 자리에서 일어나 그에게 팁을 주려고 했다. 역시 박남철 씨이다. 나는 아직 주지 말라고 했다. 연주를 더 듣고 싶어서였다. 그런데 친구는 그에게 팁을 건네주었다. 아닌 게 아니라, 팁을 받자마자 곧장 옆 테이블로 자리를 옮긴다. '그것 보아라!' 우리는 다시 그를 불러 좀 더 연주해 주십사 부탁했다. 그는 다시 연주하기 시작했다. 우리는 맛있는 요리를 먹으며 하프 연주를 듣고, 후식으로 과일까지 다 먹으니 어찌 기분이 좋지 않겠는가. 한 가지 아쉬운 점이 있다면 아주 배불리 먹지 못한 점일 것이다. 비록, 임홍락 씨가 먹고 싶어라 했던 참치 머릿고기는 아니었으나 그런대로 기분 좋게 먹고 마셨다. 이만하면 여행 마지막 저녁 식사치고는 괜찮

막탄 전투가 벌어졌던 바닷가 앞 한 레스토랑에 앉아있는 일행의 모습

여행자는 언제나 자신을 옭아매는 고정관념과 편견을 버리고 백지상태로 돌아가 마주치는 대상과 현상을 바라보라. 특히, 옳고 그름을 가리려 하지 말고, 있는 그대로를 바라보되 다만, 그들로부터 일정한 거리를 두려고 노력하라. 그런 다음, 충분한 시간을 갖고 사유하라. ―이시환(1957 ~   )의 아포리즘(Aphorism) 중에서

여행자는 지식을 앞세우지 말고, 현재 자기 감각기관의 문을 활짝 열어 놓고 순간순간 느끼는 자신의 반응에 충실하라. 그럼으로써 살아있음에 감사하게 되며, 끊임없이 갈 길을 걸어가는 원동력이자 그 주체가 될 것이다. −이시환(1957 ~   )의 아포리즘(Aphorism) 중에서

앉다. 이제, 예정된 대로 쇼핑몰에 가서 구경하며 쇼핑할 게 있다면 알아서 하면 된다.

레스토랑에서 밖으로 막 나오니 젊은 녀석이 다가와 활짝 웃으며 맛있게 먹었느냐며, 특별 마사지를 받을 의향이 없느냐

여행 마지막 저녁 식사를 막탄 바닷가에서 하는 모습

고 묻는다. 그러면서 '그것'도 가능하다고 한다. 내가 웃으면서 '에잇~ '하자 활짝 웃어 보인다. 이 친구도 어디서 술을 한 잔 마신 것 같았다. 이곳이 아마도, '그런 곳인가 보다'라고 생각하면서 우리는 서둘러 차에 올라탔다. 우리는 계획된 대로 마지막 쇼핑을 하기 위해서 '마리나 쇼핑몰(Marina Shopping Mall)' 로 갔다. 그곳에 가서 약 한 시간 정도 시간을 보내며 사지 못한, 집으로 가져갈 간단한 물품을 사라고 안내했다. 사람들로 북적이는 비교적 큰 쇼핑몰이었다. 친구들은 대부분 망고 말린 제품을 샀다. 하지만, 망고라고 해서 다 같은 것이 아니다. 설탕 가루가 묻어있는 게 있고, 그렇지 않은 것도 있다. 가격 대비 중량도 중요하다.

마땅히 살 것도 없었지만 그렇게라도 구경 겸 쇼핑을 다 마치었으니, 어디 가서 커피라도 한 잔 우아하게 마시며 잠시 쉬고 싶었는데 그럴 만한 곳이 눈에 띄지 않았다. 쇼핑몰 밖으로 나와 주변을 돌아보기까지 했으나 내가 여행 가이더 북에서 본 것과 다르게 많이 변화된 모습이었다. 신축 쇼핑몰이 많이 들어섰고, 책에서 소개하는 어떤 쇼핑몰은 이미 문이 닫혀 있기도 했었다. 차라리 공항으로 조금 일찍 들어가서 그곳에서 커피를 마시며 차분하게 대화를 나누는 것이 낫겠다고 판단하여 우리는 곧바로 차를 타고 공항으로 직행했다.

막탄세부국제공항에서
짧은 대화 긴 휴식

성실하고 착한 운전기사와 작별인사를 나누고, 우리는 공항 청사 안으로 걸어 들어갔다. 입구에서부터 항공권 예약서류를 보여주어야 했고, 항공사 별 체크인해야 할 게이트를 확인한 다음, 필리핀 에어 항공 가까운 곳으로, 사람들이 없는 자리에 모여 앉았다. 아무리 바쁘고 피곤하더라도 결산은 해야 했기 때문이다. 공금을 넣어놓고 쓰던 큰 지갑을 꺼내 쓰고 남은 돈을 모두 10분에 1로 나눠주라고 했다. 대략 몇천 페소씩 돌아가는 것으로 보였다. 모두 나눠 갖고, 나눌 수 없는 잔돈은 내게로 돌아왔다. 그리고 나는 공항 내 약국으로 가서 비타민 음료를 사서 한 병씩 나눠 마시고 의자에 앉아서 잠시 숨을 돌렸다. 긴장이 풀려서일까, 금세 곯아떨어졌다. 얼마나 잤을까, 박남철 씨가 내게 다가와 나를 흔들어 깨우며, 내게 귓속말을 한다. 친구들이 고맙다는 표시로 돈을 갹출하여 양주 한 병을 샀으니 아무 말 하지 말고 받으라는 것이었다. 나는 그냥 고개를 끄덕였으며, 얼마 후에 그 양주는 내게 박수와 함께 건네졌다. 나는 두말하지 않고 감사한 마음으로 받았다. 이것을 왜, 샀느냐? 꼭 이렇게 해야 하느냐? 따져봐야 소용없는 일임을 알기 때문이다. 그래 보았자 불필요한 너스레밖에 더 되지 않겠는가?

나는 친구들이 선물한 21년산 조니워커를 5개월 이상 마시지 않고 묵혀 두었다. 3월 초에 있을 어머니 아버지 합동기일에 임실 호국원에 가서 추도예배를 드리고 나서 형제들이 다 모였을 때 술맛을 보려고 아껴 두었다. 돌아보건대, 필리핀 여행을 마치고 돌아온 지난해 9월부터 10월, 11월, 12월, 그리고 올 1월까지 양주가, 중국 바이주를 포함하면 10병 이상은 족히 내가 앉은 식탁에 올려진 것 같다. 물론, 나 홀로 마신 것은 아니었으나 한 달에 두 차례 정도는 독주(毒酒)를 마시는 자리를 가졌다는 뜻이다. 나도 이제 슬그머니 독주를 밀어낼 때가 되었는데 아직도 그 유혹을 뿌리치지 못하고 있다. 좋은 술에 알맞은 안주 그리고 좋은 벗이 함께하면 세상만사 근심 걱정 다 버리고 웃고 떠들다 보면 그 자체가 세상 사람들이 밝히는 '비아그라'가 되는 것이다.

이야기가 좀 빗나갔으나, 체크인하라는 안내방송이 들린다. 우리는 모두 자리에서 일어나 체크인을 하기 위한 줄에 섰고, 마침내 좌석표를 받고, 보안검사를 받고서, 면세상점들을 지나

해당 게이트 앞에서 또 기다렸다. 친구들도 나도 면세점에 진열된 상품들을 눈여겨보며 가족에게 나눠줄 코코넛 칩과 코코넛오일과 건조한 망고 몇 봉지를 샀다. 그런 다음 탑승 게이트 가까운 쪽으로 가서 앉았다. 이제 순서대로 탑승만 하면 된다. 이렇게 우리의 여행은 끝나가고 있었다.

　무슨 일이든 그 끝은 언제나 허전한 법이다. 설령, 만족스럽게, 의도한 대로 다 이루었어도 그 끝은 허전하다. 어쩌면, 죽을 때까지 또 다른, 새로운 일을 추구해야 하는 운명적인 삶 때문이 아닐까 싶다. 제아무리 열심히 성실하게 살았어도, 제아무리 제멋대로 살았어도 그 끝은 허전하고 허무한 것이다. 인간의 밑도 끝도 없는 욕심 때문일까? 그렇다! 그것이 곧 생명(生命)의 본질이다. 생명은 오른팔이 떨어져 나가면 왼손만으로 살고, 두 손이 떨어져 나가도 손 없이 발로 살아가는 것이다. 그러니까, 살 수 있는 데까지 살아가는 것이 생명이다. 생명현상이 유지되는 한 무엇을 하든, 그 과정이 고통스러워도 살아가는 것 자체가 생명이고, 삶의 본질이라는 뜻이다. 따라서 허무함이 밀려온다고 해서 우울해할 필요는 없다. 피곤하면 좀 쉬어라. 그러면 새로운 힘이 솟는다. 그 힘이 더는 솟아나지 않고 바닥을 드러내는 순간까지 우리는 전진할 뿐이다. 등잔 속의 기름이 다 닳아 없어지면 심지를 태우다가 절로 불이 꺼지는 법이니까 말이다. 꺼질 때까지 빛을 비추어라! 그것이 생명이요, 삶이다! 그것이 우리 존재의미이다!

인천국제공항에서 헤어지기

현지의 시간으로 00시 55분에 출발하는 PR484에 탑승했다. 이제 기내식 식사를 하고, 눈을 감으면 아침 6시 50분경에 인천국제공항에 도착할 것이다. 친구들은 편안하게 왔는지 알 수 없으나 나는 곯아떨어져서 너무 쉽게 도착했다는 생각이 들었다.

친구들이 차례로 입국 수속받고, 짐을 찾아 차례차례 나왔다. 모두 나올 때까지 기다렸으나 한 사람은 귀가 차량 시간 때문에 먼저 작별인사도 없이 떠났다. 나머지 친구들이 다소 섭섭했을 것이다. 모두 레스토랑으로 가서 아침 식사를 하고 헤어졌더라면 좋았을 텐데 엉거주춤 그 관행을 지키지 못했다. 익산 전주에서 온 친구들이 얼마나 섭섭했을까를 생각하니 마음 한구석이 불편해진다.

그런데 한 사람이 보이지 않는다. 김문수 씨였다. 진창언 씨한테 물으니 화장실 갔다는 것이다. 나는 나의 집사람과 아들이 마중 나와 기다리고 있었기에, 진창언 씨가 나더러 식구들이 와 있으니 그냥 먼저 가라고 한다. 자기가 기다리겠다고 한다. 내가 가면 진창언 씨와 김문수 씨만 남아서 마지막으로 공항을 빠져나올 것인데… 생각하다가, 어차피 가야 할 길이 다르니 그 자리에서 나는 가족과 함께 먼저 나왔다.

우리 2631는 이번이 세 번째 외국 여행이었지만 귀국해서는 공항 내 레스토랑에 가서 아침을 먹고 헤어졌었는데 이번에는 그렇게 하지 못했다. 좀 아쉬웠다. 그러나 우리는 여행 내내 최소한의 품위를 지켰고, 많이 웃었다. 그리고 마음껏 먹고 마셨으며, 마음껏 즐겼다면 즐긴 셈이다. 특히, 5박 7일 함께 했으나 우리가 누린 시간은 훨씬 더 길게 느껴졌다. 그만큼 자유를 많이 누렸다는 뜻일 것이다.

여행을 함께한 친구들에게 보낸, 여행 후 메시지

　무덥고 뜨거운 여름을 일주일 연장하러 필리핀의 막탄 세부와 보홀 여행을 함께한 열 명의 친구들이여, 감사합니다!

　돌아보면, 여행의 잔재미를 스스로 만끽함으로써 그 기술을 일정 부분 일깨워준 임홍락 님, 아직도 열정과 의욕이 넘치며, 언제나 시원시원한 이강수 님, 사진을 찍어 동영상을 음악과 함께 제작하여 우리들의 여행을 안팎으로 빛나게 한 진창언 님, 늘 말없이 동행(同行)의 의미를 새겨주는, 조용 조용한 조용보 님, 우리 2631에 대한 무한한 애정을 갖고 친구들을 위해 말하고 행동하는 박남철 님, 친구들의 마음을 꿰뚫어 보는 통찰력과 언변술이 뛰어난 조승봉 님, 건강상의 불리함을 안고 동참해 준 김선호 님, 온기와 정의감이 남다르나 가끔 음식에 어울리지 않는 양념을 뿌리어 전혀 새로운 맛을 홀로 즐기면서 많이 먹는 김문수 님, 거친 바람으로 넘어지려는 나무에 얼른

굄목을 갖다 댈 줄 아는 지혜를 가진 이홍배 님, 그 근본은 한 사람 한 사람 모두가 착하다는 사실입니다. 다만, '전체'를 보느냐 '부분'을 보느냐의 차이이고, '자기'가 먼저냐 '타인'이 먼저냐의 차이일 뿐이고, 노화(老化)가 좀 빠르냐 더디냐의 차이이고, 그로 인해서 하는 말과 행동이 조금씩 달라지고, 그 방법상의 맵시가 달라질 뿐이라고 저는 생각합니다.

여러분이 잘 알다시피, 고등학교를 9개 반이 졸업했는데 반원들끼리 해외여행을 다녀온 반은 우리 2631뿐입니다. 그것도 세 번씩이나 말입니다. 그만큼 우리는 친목과 우의가 도탑고, 평소에 반창회를 통해서 노력해왔다는 증거일 것입니다. 이 점에 관해서는 자타가 인정하는 바이지요. 이 점 자랑스럽게 생각해야 합니다. 동시에 더욱 노력해야 합니다.

지금 이 순간, 우리에게 필요한 것은, 지금껏 걸어온 길을 스스로 돌아보며, 앞으로 나아가는 발걸음에 부여되는 의미라고 생각합니다. 그 의미에 '사랑'보다 더 크고 값진 것이 있겠습니까마는 그 사랑을 실천하려면 무엇보다 우리 스스로가 건강해야 합니다.

부디, 건강하게 살며, 세상의 아름다움을 찬미하면서, 자신의 것을 이웃에게 베푸는 마음의 여유를 누리시기 바랍니다. 제가 늘 하는 말입니다만, '지금 이 순간, 내가 여기에 와 있기에 이런 모습 이런 상황을 눈여겨볼 수 있습니다. 여기에 와 있지 않다면 어떻게 이를 보고 느끼고 반응해 보일 수 있습니까? 산다는 것은 늘 길 위에 있음입니다. 길 위에 있기에 기쁨이 있고 슬픔이 있습니다. 괴로움조차도 축복임을 알게 되면 더는 내 발걸음을 떼지 못하는 순간까지 계속해서 길을 걷게 될 것입니다.'

　이번 여행을 위해 제 나름, 열심히 준비하고, 차질없이 진행하려 노력한다고 했으나 혹, 부족함이 있었다면 너그럽게 보아주시기 바랍니다. 그리고 우리들의 이야기, 필리핀 여행기를 꼭 일독해 주시기 바랍니다.

-2023. 09. 07.

이 시 환 드림.

나는 이 여행을 기획했고, 진행했으며, 여행을 마치고 돌아
와 일기(日記) 쓰듯이 여행기를 썼다. 그런 내게는, 이번 여행을
통해서 배우고, 잊을 수 없는, 몇 가지 사실이 지각되었다. 그
것을 굳이 이곳에 생각나는 대로 주섬주섬 정리하자면 이러하
다. 곧, 페르디난드 마젤란이 필리핀에 들어와 필리핀의 역사
가 요동쳤고, 그가 바로 필리핀 막탄 전투에서 '라푸라푸' 병사
들에 의해 처참하게 죽었다는 역사적 사실이다. 그리고 필리핀
이 스페인의 식민지가 되어서 무려 327년이라는 긴 세월을 견
디어냈는데 이 시기에 활동한 평화적인 독립운동가 '호세 리
잘'이라는 인물에 대해 조금 알게 되었다는 사실이다. 솔직히
말하자면, 그의 짧은 시 한 편을 음미해 본 것으로도 이번 여행
의 의미가 크다고 생각한다. 그리고 필리핀 내에 있는 바로크
양식의 교회가 세계문화유산으로 등재되었는데 그들 교회 가
운데 두 곳을 둘러보았고, 이 땅에 예수교가 어떤 절차와 방법
으로 전파되었는지 새삼스레 이해했다는 점이다. 한 손에 총을
들고, 다른 한 손에 성경책을 들고서 노략질을 일삼아 온 유럽

사람들의 근대사를 필리핀에서도 확인할 수 있었고, 보홀섬의 상징인 '필리핀안경원숭이'를 아주 가까이에서 보았고, 아름다운 바닷속을 구경했으며, 아열대 과일을 먹는 즐거움을 누렸다는 점이다. 그리고 우기(雨期)에 여행했음에도 불구하고, 비 한 방울 내리지 않았다는 사실을 통해서 지구촌의 일기(日氣)가 급변하고 있다는 사실을 재확인, 체감할 수 있었다는 점이다. 그리고 돌고래 몰이하듯 여행자들의 활동이 곧 자연을 오염시키고 환경을 파괴한다는 엄연한 사실이다. 그리고 인류는 자연에 대하여 소비자이고, 인류의 과소비가 지구를 황폐화한다는 사실에 대한 자각(自覺)이다. 그리고 내 뇌(腦)의 한쪽에서는 기억 저장되었던 단어들이 죽어 나가 없어지는데 다른 한쪽에서는 새로운 단어를 기억하려고 애쓰는, 노화(老化)가 빠른 속도로 진행되는 중이라는 사실이다. 나의 노년이 추하지 않기를 바라면서 그 전에 모든 것을 끝내야 한다는 사실을 염두에 둘 수밖에 없는 오늘이다.

필리핀 독립의 아버지로 통하는 호세 리잘의 시를 읊조리면
서 나의 여행기 마지막 페이지를 덮는다.

잘 있거라, 내 사랑하는 조국이여, 태양이 감싸주는 나라여,
동방의 진주여, 잃어버린 에덴이여!
나의 슬프고 눈물진 이 생명 너를 위해 바치리니
이제 내 생명이 더 밝아지고 새로워지리니
나의 생명 마지막 순간까지 너를 위해 기꺼이 바치리라.

-호세 리잘(1861~1896)의 「나의 마지막 인사」

-2024. 01. 26.

이 시 환

필리핀 여행을 위한 기본 정보

1. 국가 개황

◎ 국명 : 필리핀 공화국(The Republic of the Philippines)

◎ 수도(Capital) : 마닐라(City of Manila)

◎ 언어 : 필리핀어(타갈로그어), 영어(공용어), 지방 토착 언어

◎ 국화 : 삼파귀타(Sampaguita)

◎ 국가 : Lupang Hinirang

◎ 국토 면적 : 300,179㎢(자료 출처 : 필리핀 통계청)

◎ 섬의 개수(Islands) : 7,641개

◎ 전화 국가번호(Calling code) : 63

◎ 날씨 : 고온다습한 아열대성 기후.

　　　　건기(11~5월)와 우기(6~10월)로 구분

◎ 평균 기온 : 32°C

◎ 화폐 : 페소(PESO, PHP로 표기)

◎ 환율 : 1페소는 약 24원에 해당(2021년 12월 기준)

◎ 필리핀에서 한국까지의 거리 : 서남쪽으로 2,600km 떨어진

　거리(마닐라공항과 인천공항 사이 직선거리 기준)

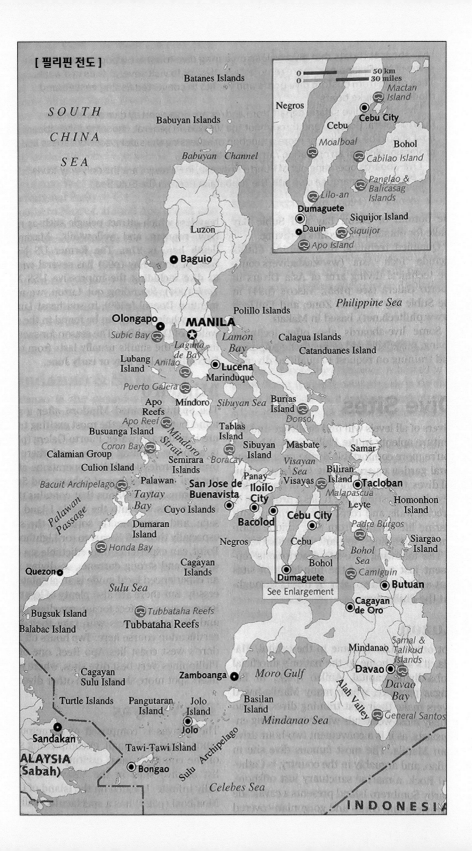

[필리핀 전도]

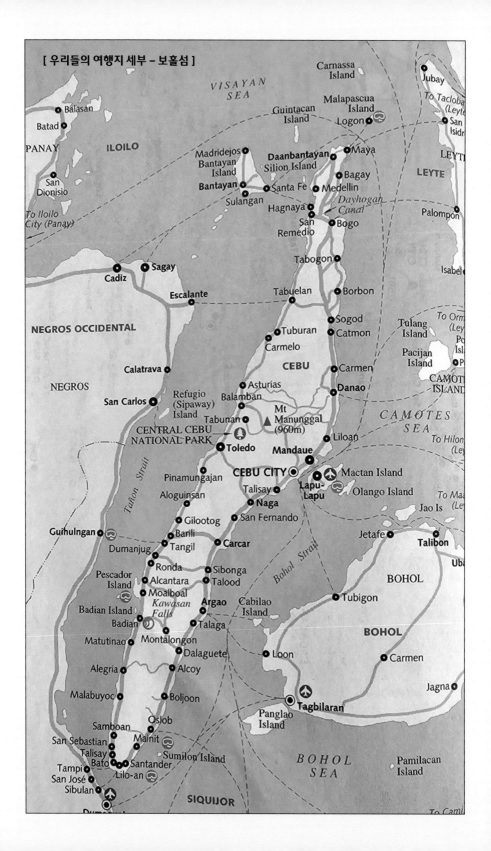

[우리들의 여행지 세부 – 보홀섬]

◎ 시차 : GMT +8 (한국보다 1시간 늦음)

◎ 전기 : 한국과 같은 220V이지만, 11자 형태 플러그를 사용하는 경우도 있어 변환 어댑터 필요.

◎ 민족 구성 : 말레이계가 많으나 중국, 스페인, 미국 혼혈 다수

◎ 인구 : 109,035,343명(필리핀 통계청/2020년 인구조사)

◎ 세계 인구수 순위 : 13위

2. 필리핀 사람에 대한 호칭

필리핀 남성을 '필리피노(Filipino)'라 하고, 필리핀 여성을 '필리피나(Filipina)'라고 부르는데, 필리피노(Filipino)의 마지막 네 글자 'pino'에 별명을 뜻하는 접미사 'y'를 붙여서 애칭으로 남자를 '피노이(Pinoy)', 여자를 '피나이(pinay)'라고 부르기도 한다.

3. 종교

가톨릭(80%), 개신교(9%), 이슬람교(6%), 기타 무교/무응답(5%)

필리핀은 가톨릭 국가로 열 명 중 여덟 명은 가톨릭 신자이다. 그럼 나머지 열 명 중 두 명은 어떤 종교를 믿을까? 일단, 기독교를 믿는다는 분이 9% 정도 된다. 그리고 이슬람교를 믿는 사

람이 약 6% 정도이다. 무슬림 대부분은 민다나오섬에 사는데, 그중에서도 홀로 섬과 타위타위 섬 등은 방사모로 이슬람 자치구로 지정되어 있다. 그래서 필리핀의 종교를 이야기할 때 루손섬 중심의 기독교 문화권, 민다나오섬 중심의 이슬람 문화권, 그리고 북부 내륙 고지대의 애니미즘 문화권으로 크게 분류하기도 한다.

4. 역사 연표

~ 1571년 : 부족국가 시대
1571년 ~ 1898년 : 스페인 식민지 시대(327년 동안)
1898년 6월 12일 : 스페인으로부터 독립 선언
1898년 ~ 1946년 : 미국 식민지 시기(48년 동안)
1901년 ~ 1935년 : 필리핀 제도 도민정부(Insular Government)
1935년 ~ 1946년 : 미국 자치령 - 필리핀 커먼웰스
                     (Commonwealth)
1942년 ~ 1945년 : 일본 점령기(3년 동안)
1946년 7월 4일 : 미국으로부터 독립
1946년 ~ 현재 : 필리핀공화국

※ 필리핀은 '에밀리오 아기날도'가 스페인으로부터의 독립을 선언한 6월 12일을 독립기념일로 삼고 있다.

1) 스페인 정복 이전 부족국가 시대

매우 아쉬운 일이지만, 필리핀 역사가 언제 시작되었는지 명확하게 제시할 수 있을 만한 역사적 기록이 담긴 문헌은 없다. 더운 날씨와 지진 등의 자연재해, 거기에 전쟁까지 겹쳐 유물이 남아 있지 않은 탓인데, 그래도 2007년 루손섬 북쪽에 있는 칼라오 동굴(Callao Cave)에서 6만 7천 년 전의 것으로 추정되는 칼라오 원인(Homo luzonensis)의 뼈가 발견되면서 상당히 오래전부터 필리핀에 사람들이 살아왔음을 추정할 수 있다. 약 3만 년 전 보르네오와 수마트라 등지에서 원주민인 네그리토(Negrito)가 이주하여 정착하였으며, 기원 전·후 말레이 계통 원주민이 유입되어 생활했다고 한다. 중국에서 6세기경 중국과 교역했다는 문헌이 발견되면서, 부족국가 시대부터 주변과 교역했음을 보여 주기도 한다. 약 10세기부터는 이슬람과도 교역을 시작했으며, 무역을 통해 이슬람이 전파되면서 14세기에 남부 민다나오(Mindanao) 지역에 이슬람 왕국이 건설되기도 했다.

조용한 섬나라였던 필리핀의 존재가 외부에 알려지게 된 것은 16세기 페르디난드 마젤란이 등장한 이후였다. 그래서 필리핀의 역사를 스페인 지배 이전 부족국가 시대와 스페인 정복 이후로 크게 나누기도 한다. 마젤란이 등장하기 전, 말레이 계통의 원주민들이 섬 곳곳에 유입되어 정착했다고 전해지는데. 통일된 국가는 형성되어 있지 않았고, 족장 지배 체제의 부족국가 형태로 생활했다고 한다. 필리핀은 지형이 산악과 섬으로 이루어져 있어 정착 과정에서 자생적으로 발생한 '바랑가이(Barangay)'라는 족장 지배 체제 아래 생활했다고 하는데, 당시 인구는 지금의 0.5%도 되지 않는 약 50만 명으로 추정된다. 바랑가이는 '다투(datu)'라는 지배자를 중심으로 대개 30~100가구 정도로 구성되어 있지만, 마닐라나 세부 등과 같은 지역에서는 수백 가구가 넘는 대규모의 바랑가이도 존재했다고 한다. 참고로, 이때의 영향으로 요즘도 필리핀의 행정단위 중 가장 작은 단위를 '바랑가이'라고 부른다. 2021년 3월 기준으로 필리핀에는 42,046개나 되는 바랑가이가 있다고 한다.

2) 스페인의 식민통치(1571년 ~ 1898년)

조선 중종 16년, 그러니까 1521년의 일이다. 포르투갈의 항해가 마젤란(Ferdinand Magellan)이 스페인 왕실의 후원을 받아 세계 일주를 하던 도중 필리핀에 상륙하는 일이 벌어졌다. 이 일을 계기로 필리핀의 존재가 국제 사회에 알려지게 되었고, 역사는 문자로 기록되기 시작했는데. 당시 스페인에서는 3G, 즉 왕의 영광(Glory), 신의 복음(Gospel), 경제적 이득(Gold)을 위해 세계 일주에 나섰고, 스페인의 눈으로 봤을 때 필리핀은 무역기지로 이용하기 참 좋은 장소였다고 한다. 비록, 마젤란은 세부 막탄(Mactan)에서 라푸라푸(Lapu-Lapu)와 벌인 전투에서 사망했지만, 이후에도 스페인은 여러 차례 원정대를 보내 필리핀 제도를 조사했고, 루손섬에 있던 톤도 왕국까지 정복하여 필리핀 지배를 시작하게 된다.

스페인은 1821년까지 멕시코 총독을 통해 필리핀을 간접 통치했지만, 이후 직접 통치하기에 나선다. 그리고 스페인 식민지 시절 필리핀은 상당히 많은 여러 가지 변화를 겪게 된다. 그중 가장 큰 변화는 '필리핀'이란 나라 이름이었다. 당시 스페인은 '해가 지지 않는 제국'이라는 에스파냐의 황금시대를 보내고 있었다고 한다. 1543년, 에스파냐의 탐사대가 필리핀에 도착했을 때 사마르와 레이테 섬을 놓고 스페인 국왕 필립 2세(펠리페 2세/Felipe II)의 이름을 따서 라스 이슬라스 필리피나스(Las Islas Filipinas)라고 지었고, 그 후 스페인 점령기에 전 섬을 필리핀이라 부르게 된다. 인구의 절대다수가 가톨릭교도가 된 것도 바로 이 시기였다.

이제 시간을 훌쩍 뛰어넘어서 1860년으로 가보자. 당시 스페인에서 내란이 발생했는데, 필리핀에서도 스페인을 향한 저항운동이 일어나게 된다. 19세기 후반 필리핀 내 민족주의가 성장하면서 필리핀의 독립을 요구하는 목소리가 커져 나갔고, 이 시기 등장하는 영웅이 바로 '호세 리잘(Jose Rizal)'이다. 호세 리잘은 필리핀의 대표적 민족주의자로 필리핀 민족동맹(La Liga Filipina)을 결성하여 저항운동을 벌였지만, 1892년 체포되어 처형되면서 마닐라 루레타 파크를 '리잘파크'라는 이름으로 바꾸게 된다. 이후 필리핀 독립 영웅 안드레스 보니파시오(Bonifacio)가 비밀결사 카티푸난(Katipunan)을 결성하여 무장봉기 했지만 스페인군에게 패하고, 1897년 반대파에 의해 처형되는 비극적인 일이 벌어진다. 그런데 보니파시오란 이름 혹 어딘가 친숙하지 않은가? 마닐라의 청담동이라는 '보니파시오' 지역의 이름이 바로 이 보니파시오에서 비롯된 것이다.

3) 일본 점령기(1942-1945)와 필리핀의 독립(1946.7.4)

1941년 12월 8일, 일본은 필리핀 클락의 미군 기지를 공습했고, 1942년 1월에 일본군이 마닐라를 완전히 점령하는 일이 벌어졌다. 1942년 3월 맥아더(Douglas MacArther) 사령관 휘하의 필리핀 주둔 미군이 일본에 밀려 호주로 철수하면서 일본군의 일시적 지배가 시작되었는데, 당시 일본은 필리핀에서도 대동아공영권을 내세워 필리핀 통치를 정당화했고, 이후 1945년까지 필리핀은 일본의 통치를 받게 된다. 1943년 10월 14일 일본에 의한 라우렐(Jose P. Laurel) 괴뢰정부가 수립되었지만, 1944년 10월 맥아더 장군의 레이떼(Leyte) 섬 상륙으로 미국-일본 간 전면전이 다시 시작되게 되고, 1945년 2월 3일 맥아더 장군이 오스메냐(Sergio S. Osmeña) 대통령에게 자치정부를 이양하게 된다. 그리고 모두 아시는 대로, 1945년 8월 15일 일본 천황이 무조건적인 항복을 선언하게 된다. 일본 패망으로 인해 미국은 일본에게서 다시 지배권을 받았고, 미국의 지배 아래 커먼웰스 정부는 다시 복구된다. 그리고 1946년 7월

4일, 드디어 필리핀은 미국으로부터 독립하게 된다. 1571년부터 시작된 외세의 시달림에서 드디어 해방된 것이다. 375년 만이다.

5. 필리핀 전통음식 Filipino Cuisine

아도보
ADOBO

아로즈 칼도
ARROZ CALDO

바그넷
BAGNET

방우스
BANGUS

바비큐
BARBECUE

바초이
BATCHOY

불랄로
BULALO

소고기 칼데레타
CALDERETA

찹수이
CHOPSUEY

크리스피 파타
CRISPY PATA

엠파나다
EMPANADA

감바스
GAMBAS

깡콩 아도보
KANGKONG ADOBO

카레카레
KARE-KARE

끼닐라우
KINILAW

레촌
LECHON

롱가니사
LONGANISA

룸피앙 굴라이
LUMPIANG GULAY

판싯
PANCIT

시니강
SINIGANG

시시그
SISIG

6. 필리핀 길거리 음식 Street Foods in the Philippines

아디다스
ADIDAS

발룻
BALUT

바나나큐
BANANA CUE

베타맥스
BETAMAX

카리오카
CARIOCA

치즈 스틱
CHEESE STICKS

치차론
CHICHARON

닭껍질 튀김
CHICKEN SKIN

다이나마이트
DINAMITA

피쉬볼
FISH BALLS

기난강
GINANGGANG

이사우
ISAW

키키암
KIKIAM

꿱꿱
KWEK-KWEK

마이스
MAIS

소르베테스
SORBETES

따호
TAHO

뚜론
TURON

7. 월별 제철 과일

◎ 1월 : 망고스틴, 포멜로, 치코, 바나나, 만다린오렌지 (Dalanghita)

◎ 2월 : 포멜로, 치코, 만다린오렌지, 아보카도

◎ 3월 : 아보카도, 잭프루트, 자문(Duhat)

◎ 4월 : 아보카도, 잭프루트, 자문, 캐쉬넛(Kasuy), 수박, 멜론, 마닐라 타마린드(Kamatsile)

◎ 5월 : 망고, 파인애플, 수박, 멜론, 아보카도, 잭프루트, 자문, 캐쉬넛, 마닐라 타마린드

◎ 6월 : 망고, 파인애플, 수박, 멜론, 구아바, 아보카도, 자문, 마닐라 타마린드

◎ 7월 : 파인애플, 수박, 멜론, 구아바, 아보카도, 자문, 마닐라 타마린드

◎ 8월 : 두리안, 람부탄, 구아바, 란조네스, 구아바노

◎ 9월 : 두리안, 람부탄, 구아바, 란조네스, 구아바노

◎ 10월 : 망고스틴, 만다린오렌지, 두리안, 람부탄, 구아바, 란조네스, 구아바노

◎ 11월 : 망고스틴, 만다린오렌지, 구아바, 란조네스, 구아바노

◎ 12월 : 망고스틴, 포멜로, 만다린오렌지

8. 공휴일의 의미와 유래

필리핀의 공휴일은 크게 역사적 사건을 기념하기 위한 날과 종교와 연관된 휴일로 나눌 수 있다. 독립기념일이나 리잘데이처럼 역사적인 날을 기념하는 공휴일은 대체로 날짜가 일정하지만, 종교와 연관된 휴일은 매년 날짜가 변경된다. 그래서 매년 초와 공휴일 전에 말라카냥 대통령궁(Malacanang Palace)에서 발표하는 휴일에 대한 공고문을 참고하는 것이 좋다.

◎ EDSA 혁명 기념일(EDSA People Power Revolution) – 2월 25일
피플파워 혁명(1986년 2월 22일~1986년 2월 25일)을 기념하는 날이다. 피플파워혁명은 대한민국의 사일구 혁명처럼 페르디난드 마르코스 독재정권을 몰아낸 민주화 혁명으로 이 혁명으로 인해 마르코스 독재가 종식되고, 코라손 아키노가 새롭게 대통령으로 취임하였다.

◎ 용사의 날(Araw ng Kagitingan) – 4월 9일
1942년 바탄 죽음의 행진(Bataan Death March)에 의해 희생된 분들을 추모하는 날로 한국의 현충일과 비슷한 공휴일이다. 바탄 전투 기념일(Bataan Day) 또는 용맹의 날(Day of Valor)이라고도 부르기도 한다.

◎ **독립기념일**(Independence Day) – **6월 12일**

1898년 6월 12일에 에밀리오 아기날도가 스페인으로부터의 독립을 선언했음을 기념하기 위한 날이다. 실제로는 1946년 7월 4일 미국으로부터 독립하였으나, 필리핀 정부에서는 6월 12일을 독립기념일로 삼고 있다.

◎ **니노이 아키노 데이**(Ninoy Aquino Day) – **8월 21일**

마르코스(Ferdinand Marcos)의 독재 정치를 비판하며 정치적으로 대립했던 베니그노 니노이 아키노(Benigno Ninoy Aquino, Jr.) 상원의원이 암살당한 날이다. 1983년 8월 21일, 니노이 아키노가 귀국 길에 공항에서 암살당한 일은 필리핀 민주화 운동이 한층 더 성장하는 계기가 되었는데요, 필리핀 정부에서는 그의 뜻을 기리기 위해 마닐라공항의 이름을 '니노이 아키노 국제공항(NAIA. Ninoy Aquino International Airport)'으로 바꾸기도 했다.

◎ **영웅의 날**(National Heroes Day) – **8월 마지막 월요일**

'푸가드 라윈의 통곡(Cry of Pugad Lawin. 발린타왁에서 혁명을 외쳤음을 의미)'에 참여했던 독립 영웅 등 필리핀의 국가적 위인을 기리는 날이다. 푸가드 라윈의 통곡은 스페인 식민지 시절 비밀결사조직 카티푸난(Katipunan)이 1896년 8월 29일 이행했던 무장봉기를 의미한다.

◎ 보니파시오 추모일(Bonifacio Day) – 11월 30일

필리핀의 독립운동가 안드레스 보니파시오(1863년 11월 30일 ~1897년 5월 10일)가 태어난 날을 기념하는 날이다. 마닐라 시청 (Manila City Hall) 앞에 가면 안드레스 보니파시오가 그려진 벽화(Andres Bonifacio Murals)를 볼 수 있다.

◎ 리잘 추모일(Rizal Day) – 12월 30일

필리핀 독립운동의 상징인 호세 리잘(Jose Rizal)이 스페인 정부에 의해 처형당한 1896년 12월 30일을 기념하기 위한 날이다. 호세 리잘은 마닐라의 대표적인 관광 명소인 인트라무로스 (Intramuros)의 산티아고 요새(Port Santiago) 감옥에 투옥되었다가 공개 총살형을 당하였는데요, 호세 리잘의 죽음은 많은 이들이 필리핀 무장투쟁에 적극적으로 가담하도록 하는 계기가 되었다. 이후 필리핀 정부에서는 호세 리잘이 처형당했던 루네타 파크의 이름을 리잘 파크(Rizal Park)로 바꾸기도 했다. 호세 리잘은 1페소 동전의 주인공이기도 하다.

◎ 부활절 휴일

성 목요일(Maundy Thursday)과 성 금요일(Good Friday)까지 부활절 휴일로 보낸다. 날짜는 매년 다르지만 보통 3월 말에서 4월 중순 사이에 부활절 공휴일(Holy Week)이 있다.

◎ 이슬람 공휴일

필리핀에서는 이드 알피트르(Eid al-Fitr)와 이드 알아드하(Eid Al Adha)를 공휴일로 보낸다. 이드 알피트르(이슬람력 10월, 라마단이 끝나는 날)와 이드 알 아드하(이슬람력 12월. 메카 성지순례가 끝나고 열리는 이슬람 희생제) 모두 이슬람력에 따라 결정되기 때문에 매년 날짜가 바뀌게 된다.

9. 유네스코 세계유산

UNESCO World Heritage Sites

필리핀에는 어떤 유네스코 세계유산이 있을까요?

필리핀에는 3개의 문화유산과 3개의 자연유산이 있는데요, 바로크 양식 교회의 경우 필리핀 곳곳에 있는 교회 네 곳을 묶어 한꺼번에 문화유산으로 지정하고 있어서 실제로는 아홉 개의 장소를 여행하셔야만 필리핀에 있는 세계문화유산을 모두 볼 수 있게 된다. 하지만 하미구이탄산과 투바타하 자연공원은 방문이 쉽지 않아서, 여행 중에 주로 방문하시는 곳은 지하강 국립공원과 비간, 그리고 바나웨 지역이 된다.

1. 바로크 양식 교회 1993년 문화유산

2. 투바타하 산호초 자연공원 1993년(2009년확장지정) 자연유산

3. 코르딜레라스의 계단식 논(바나웨 라이스 테라스) 1995년 문화유산

4. 비간 역사마을 1999년 문화유산

5. 푸에르토프린세사 지하강 국립공원 1999년 자연유산

6. 하미구이탄산 야생생물 보호구역 2014년 자연유산

9-1. 바로크양식 교회

Baroque Churches of the Philippines

마닐라에 있는 산아구스틴 성당을 비롯하여 네 개의 성당이 1993년에 유네스코 세계문화유산으로 등재되었다. '산 아구스틴 성당'은 '성 어거스틴 성당'으로 표기하기도 한다.

ⓐ 산 아구스틴 성당(San Agustin Church)

- 위치 : 마닐라 시티(City of Manila), 인트라무로스(District of Intramuros)

- 정식명칭 : Archdiocesan Shrine of Nuestra Señora de Consolación y Correa

ⓑ 파오아이 성당(Paoay Church)

- 위치 : 일로코스, 파오아이(Paoay, Ilocos Norte)

- 정식명칭 : 산 아구스틴 처치 오브 파오아이(San Agustin Church of Paoay)

ⓒ 산타마리아 성당(Santa Maria Church)

- 위치 : 일로코스 수르, 산타마리아(Santa Maria, Ilocos Sur)

- 정식명칭 : 누에스트라 세뇨라 델라 아순시온(Nuestra Señora

de la Asuncion Church)

ⓓ 미아가오 성당(Miagao Church)

- 위치 : 일로일로, 미아가오(Miagao, Province of Iloilo)

- 정식명칭 : 산토 토마스 데 비야누에바(Santo Tomas de Villanueva Parish Church)

9-2. 투바타하 산호초 자연공원

Tubbataha Reefs Natural Park

- 유산면적 : 130,028ha

필리핀의 팔라완섬 앞바다의 술루해 한가운데에 있는 해역으로, 1993년 유네스코가 세계자연유산으로 등재하면서 필리핀 최초의 세계유산이 되었다. 거대한 산호초와 갖가지 열대어, 귀중한 해양생물이 서식하고 있는 곳으로 바다의 낙원으로 불리고 있다. 이곳에서는 필리핀에서 발견된 모든 산호 종류의 90%에 육박하는 374종의 산호가 서식하며, 11종의 고래, 11종의 상어, 또 상징적인 어종으로서 멸종이 우려되는 나폴레옹 놀래기를 포함해 모두 479종으로 추산되는 어류가 서식하고 있다. 투바타하 산호초 자연공원은 자연 보호를 위해 특정 기간에만 방문이 가능하며, 다이버들은 보통 배에서 생활하며 스쿠버다이빙을 하는 리브어 보드(Liveaboard) 형태로 방문하고 있다.

9-3. 코르딜레라스의 계단식 논(바나웨 라이스 테라스)

Rice Terraces of the Philippine Cordilleras

바나웨 라이스 테라스(Banaue Rice Terraces)는 필리핀 루손 섬 북쪽에 있는 코딜레라스 이푸가오 주에 있는 계단식 논(rice terrace)으로, 1995년 유네스코(UNESCO) 세계문화유산으로 등재되었다. 2000년 전에 코르딜레라스 산맥의 해발 700m~1,500m 사이에 만들어진 이 계단식 논은 이푸가오족이 만든 것으로 "인간의 노력이 만들어낸 신비로운 생활문화경관"으로 평가받고 있다. 변변한 도구도 없이, 오직 사람의 힘만으로 가파른 산을 깎아 바닥을 다지고 논을 만든 뒤 돌이나 진흙으로 물을 가두기 위한 논두렁을 만들었는데, 논두렁을 모두 이으면 그 길이가 지구 둘레의 절반에 해당하는 2만 ㎞가 넘어 세계 8대 불가사의 중 하나로 손꼽히기도 한다.

계단식 논은 바나우에(Banaue)의 바타드(Batad) 마을과 방안(Bangaan) 마을, 마요마요(Mayoyao) 마을, 홍두안(Hungduan), 키앙안(Kiangan)의 나가카단(Nagacadan) 마을 등 5개 구역에 분포하는데요, 그중에서도 바타드 마을과 나가카단 마을이 관광지로 유명하다. 바타드에서는 반원형의 계단식 논을 볼 수 있으며, 바가카단에서는 강을 사이에 두고 양쪽으로 논이 층층이 조성된 풍경을 볼 수 있다. 이푸가오족의 전통적인 주거환경을 보고 싶으시면 마요마요(Mayoyao)로 방문하면 된다.

9-4. 비간 역사마을

Historic City of Vigan

흔히 '필리핀 속 작은 스페인'이라고 칭하죠. 필리핀 루손섬 북쪽에 있는 일로코스수르주의 비간에 있는 스페인 식민지 시대의 도시 유적으로 1999년 유네스코 세계문화유산으로 등재되었다. 비간의 건축 양식은 필리핀의 다른 지역과 중국 및 유럽의 문화적 요소가 결합해서 동남아시아의 어느 곳에서도 찾아볼 수 없는 독특한 도시경관과 문화경관을 보여주는데 아시아에 있는 스페인(에스파냐) 식민 계획도시 가운데 가장 잘 보존된 사례로 평가받기도 한다.

칼레사(Calesa) 말마차가 스페인 양식의 돌길 위를 경쾌하게 지나가는 소리를 들을 수 있는 비간 역사마을은 스페인 식민지 시절 비간이 무역 중심지로서 기능했을 때 조성된 곳이다. 당시 중국은 물론 멕시코며 유럽 등과도 거래를 하였다고 하는데, 덕분에 비간의 건축과 도시계획은 라틴 전통에 토착민인 일로카노족의 전통, 필리핀 전통, 중국 전통 등이 적절하게 융합되어 라틴 전통의 모습이 강하지 않으면서도 매혹적인 모습을 보여주고 있다. 칼레 크리솔로고(Calle Crisologo) 거리와 살세도(Salcedo) 광장과 부르고스(Burgos) 광장 등 볼거리가 많은 편이라 필리핀 현지인들도 즐겨 여행하는 곳이다.

9-5. 푸에르토프린세사 지하강 국립공원

Puerto-Princesa Subterranean River National Park

- 유산면적 : 5,753ha

필리핀에서 5번째로 큰 섬인 팔라완(Palawan)은 1,780개의 섬으로 이루어진 다도지역이다. 국제공항이 있는 팔라완 푸에르토 프린세사 시내로부터 북서쪽으로 80㎞ 정도 가면 세인트폴 산맥(Saint Paul Mountain Range)에 갈 수 있는데, 지하강 국립공원(Underground river)은 바로 이 산맥에 있다. 지하강 국립공원은 세인트폴 산 아래 있어 세인트폴 지하동굴 국립공원(St. Paul Subterranean National Park)으로 불리기도 하는데, 202㎢(약 2만 헥타르)에 달하는 거대한 땅 가득 자연의 신비로움을 담고 있다. 1999년에 유네스코 세계문화유산으로 지정되었다. 이 지역은 어느 쪽을 봐도 모두 아름답지만, 공원에서 가장 유명한 것은 8.2㎞ 길이의 지하강(Underground River)이다. 예약을 해야 방문할 수 있다는 불편함이 있지만, 석회암이 녹아 형성된 거대한 종유석 등을 볼 수 있어 데이투어 코스로도 사랑받고 있다.

※ 방문객 수 제한 안내 : 지하강은 팔라완나무두더지(Tupaia palawanensis), 팔라완호저(Palawan porcupine), 팔라완악취오소리(Palawan stink badge), 왕도마뱀(monitor lizard), 팔라완공작꿩(Palawan Peacock Pheasant), 동굴칼새(cave swiftlet) 등 수백 종의 희귀 식물과 동물이 어우러져 사는 곳이다. 팔라완에서는 생태

계 보호를 위해 방문객 수를 제한하고 있으므로 방문 전 방문
가능 여부를 확인하시는 것이 좋다

9-6. 하미구이탄산 야생동물 보호구역

Mount Hamiguitan Range Wildlife Sanctuary

- 유산면적 : 16,037ha

필리핀 민다나오섬의 다바오 오리엔탈(Davao Oriental)에 있는
하미구이탄산을 중심으로 한 야생동물 보호구역으로 2014년
유네스코 세계자연유산으로 등재되었다. 해발 1620m의 하미
구이탄산은 필리핀에서도 야생동물 개체 수가 가장 다양한 곳
가운데 하나로 손꼽히는 산인데, 고도별로 다양한 동식물이 발
견되고 있어 자연의 신비함을 새삼스럽게 깨닫게 해준다. 이곳
은 필리핀 독수리(Philippine eagle)를 비롯하여 민다나오빨간가
슴털비둘기, 하미구이탄털꼬리쥐, 필리핀피그미과일박쥐, 뾰
족코청개구리, 필리핀사향고양이, 하미구이탄털꼬리쥐, 민다
나오멧돼지 등이 살아가는 터전으로 필리핀 정부에서는 생물
다양성 보존 및 보호를 위해 힘쓰고 있다.

- 이곳에 사는 다양한 동식물종에는 세계적 멸종위기종과 함께, 오
직 필리핀에서만 발견되거나, 혹은 민다나오 지방에서만, 심지어 하
미구이탄 산에서만 유일하게 발견되는 다수의 토착 고유종이 포함
되어 있다. 341종의 필리핀 고유종이 있으며, 그중 8종은 오직 하미
구이탄산에서만 발견된다고 한다.

10. 마사지 종류
Different Types of Massage

액티비티를 즐긴 뒤 가고 싶어지는 곳이 있죠! 바로 마사지샵인데요, 가게에 따라 가격이며 시설, 서비스 등이 천차만별이지만, 그래도 한국에서보다 훨씬 저렴한 가격으로 마사지를 즐길 수 있다. 그런데 필리핀에서는 어떤 종류의 마사지를 받을 수 있을까?

①힐롯 마사지(Hilot Filipino massage)
전통 지압 방식을 더해 뭉친 근육을 집중적으로 풀어주는 마사지이다. 힐롯('아픈 곳을 치유한다'는 뜻)은 필리핀 전통 마사지로 타갈로그어 바람(Hangin), 열(init), 부드러움(laming), 기도(Orasyon), 물(Tubig)의 첫 글자를 딴 두음자어이다. 필리핀 사람들은 예로부터 따뜻한 에너지와 찬 에너지의 균형을 맞추면 치료 효과를 얻을 수 있다고 믿었는데, 인공적이지 않은, 그래서 자연과 더욱 가까운 방법으로 따뜻한 코코넛 오일과 지압을 통해 근육을 부드럽게 풀어주는 것이 특징이다.

②스웨디쉬 마사지(Swedish Massage)
필리핀에서 볼 수 있는 가장 흔한 형태의 마사지이다. 몸에 오일을 바른 뒤 손가락을 이용하여 근육을 마사지하는 것인데, 혈액이 순환하는 방향으로 부드럽게 압력을 가해 마사지를 한다. 스웨디쉬 마사지는 깊은 지압식 마사지를 원하시는 분에게는 적합하지 않지만, 얇은 근육 부분을 마사지해주기 때문에 혈액순환 및 뭉친 부위를 풀어주는 효과가 있다. 필리핀에서 '아로마 마사지'라고 부르는 마사지 대부분이 바로 이 스웨디쉬 마사지로 진행되는데, 마사지 오일을 선택할 수 있도록 하는 곳도 많다. 사우나와 자쿠지 시설을 갖추고 있는 호텔 고급 스파에서도 스웨디쉬 마사지 서비스를 제공하지만, 오일을 이용한 마사지를 받은 뒤에는 바로 샤워를 하지 않는 것이 좋다고 한다. 마사지가 끝나면 테라피스트가 젖은 타올로 남아 있는 오일을 닦아 드리니 잠깐 참으셨다가 최소 3~4시간 후에 샤워하시는 것이 좋다.

③시아추 마사지(Shiatsu massage)

시아추(Shiatsu)는 스포츠 마사지처럼 손가락 압력을 이용해서 진행되는 마사지이다. 오일을 사용하지 않고 마사지를 진행하기 때문에 오일 사용을 꺼리는 분들에게 추천해 드릴만 하다. 꾹꾹 주물러주는 한국식 경락 마사지를 원하시면 시아추 마사지를 선택하시면 된다.

④타이마사지(Thai massage)

이름 그대로 태국에서 유래한 마사지로 스트레칭이 곁들여지는 마사지이다. 승려들이 장시간 고행을 한 후 신체의 피로를 풀어주기 위해 지압법을 만들기 시작한 것이 타이마사지의 시작이라고 하는데, 마사지사가 손은 물론이고 팔꿈치와 무릎 등까지 사용해서 마사지할 부분을 꾹꾹 눌러주는 것이 특징이다. 스트레칭은 보통 마사지 마지막 단계에서 진행되는데, 누르고, 당기고, 꺾는 등의 자세를 통해 잘 쓰지 않는 근육까지 움직일 수 있도록 하여 몸 안의 포인트를 자극해 준다. 시원한 느낌이 들어서 많은 분이 선호하시지만, 잠들만하면 마사지사가 스트레칭을 시켜서 마사지를 하는 동안 주무시고 싶다는 분에게는 추천해 드리지 않는다.

⑤벤토사(Ventosa Massage)
유리컵과 부황 기구를 사용하여 진행하는 마사지이다. 혈을 풀어 근육 내 혈류 순환을 원활하게 주고, 근육을 풀어주는 효과가 있다. 하지만 붉은 자국이 피부에 남을 수 있어서 피부가 예민한 분들에게는 추천하고 싶지 않다.

⑥스톤 마사지(Stone Massage)
뜨거운 화산석(Hot Stone)을 이용하여 문질러 주는 마사지이다. 근육을 시원하게 눌러주는 마사지라기보다는 뜨겁게 달구어진 돌을 이용하여 뭉친 근육을 풀어주고 혈액순환을 돕는 형태의 마사지이다. 노폐물 배출에도 도움을 준다고 하는데, 편안하게 누워 쉬고 싶을 때 좋다. 스톤 마사지를 제공하는 마사지샵은 대부분 고급 스파 형태로 운영되고 있어 효도 관광에도 좋다. 마닐라와 같은 시내 지역보다는 보라카이와 같은 휴양지에서

많이 보실 수 있다.

11. 세부(Cebu)에 관하여

아름다운 바다에서 즐기는 스릴 넘치는 워터액티비티와 맛있는 음식, 역사적인 가치가 있는 헤리티지 투어 스팟 등 다양한 즐길 거리가 있는 매력적인 여행지 세부(Cebu). 2019년 5월 기준 인천-세부 막탄섬 구간을 운항하는 직항 항공편이 매일 10편 이상 운항되고 있다. 세부-막탄 공항은 막탄 중심에 위치해 있어 1시간 내로 주요 리조트와 호텔로 이동 가능하다. 세부의 대표 여행명소로는, 세계 3대 캐녀닝 스팟으로 유명한 카와산이 있다. 카와산 협곡을 따라 흐르는 에메랄드빛 물에 몸을 맡기고 워터 슬라이드와 절벽 다이빙 등 스릴 넘치는 캐녀닝을 즐길 수 있다. 또한, 보홀에서 막탄 섬 남쪽 끝자락에 위치한 한적한 어촌마을인 '오슬롭'에서 몸통 길이 최대 18m, 몸무게 약 15톤에 달하는 고래상어를 가까이에서 보고 함께 수영도 할 수 있습니다. 이 외에도 대규모 정어리 떼와 다양한 모양의 산호 그리고 형형색색의 열대어를 볼 수 있는 '모알보알' 등 필리핀의 유명한 다이빙 포인트들도 있다. 이 외에도 역사적인 명소인 '포트 산 페드로', '마젤란의 십자가', '산토니뇨 성당' 등 다양한 시티 투어 명소들이 있다. 마지막으로 세부에서 놓쳐서는 안 될 필리핀식 새끼돼지 통구이, '레촌'이 있다. 겉은 바삭하고 안은 부드럽고 촉촉한 레촌은 세부에서 꼭 한 번 먹어봐야 할 음식이다.

① 산토니뇨 성당(Basilica Minore del Santo Nino)*

Pilgrim's Center, Osmeña Blvd, Cebu City

월~목, 토: 06:00 -20:00 금, 일: 04:00 ~ 20:00

'아기 예수'를 의미하는 '산토니뇨(Sto. Niño)' 상이 수호신으로 보관되어있는 성당으로 1500년대 스페인 총독인 레가즈피(Legazpi)에 의해 건축되었다. 1941년 세계문화유산으로 등재되어 현지인뿐 아니라 많은 관광객이 방문하는 성당이다. 성당 내부에는 종교적 유물을 전시해 놓은 박물관이 있으며, 외부에는 초를 피우고 기도를 할 수 있는 공간이 마련되어 있다. 매년 1월에 개최되는 세부 최대의 축제인 '시눌룩 축제(Sinulog Festivals)'의 장소이기도 하다.

*필리핀에서 가장 오래된 성당으로 1565년에 「프레이 안드레스 드 우르다네타」 신부에 의해 세워졌다. 이 성당은 그동안 세번 불에 타 소실되었는데 지금의 건물은 1737년에 재건축된 것이다. 끝없는 순례자와 기도자들의 행렬을 위해서 뜰에 연중 햇불이 있었고, 여기서 허기진 배를 채웠을 것으로 추정된다. 오늘날도 예배를 보며 수많은 관광객이 방문하는 등 사용 중인데, 세부의 수호신인 산토니뇨(아기 예수)의 이미지가 발견된 위

치에 건축되었고, 아기 예수상은 마젤란이 라자후마본 왕의 부인인 주아나 왕비에게 세례 선물로 주었다고 전해지는 유물이다. 산토니뇨 상은 스페인 정복자들이 필리핀을 떠난 1565년, 반란자들을 제압하기 위해 미구엘 로페즈 드 레가즈피(Miguel Lopez de Legazpi) 병사들이 일으킨 화재장소에서 나무 상자에 봉해져 보관된 채로 발견되었고, 오랫동안 발생했던 많은 화재와 다른 재난에도 사라지지 않아 그 존재 자체만으로도 기적과 같은 일로 여겨지고 있다. 1965년, 교황 바오로 6세는 400년 역사를 가진 필리핀을 기독교국으로 인정하여 이 성당을 대성전으로 승격시켰다.

②마젤란 십자가(Magellan's Cross)*

스페인의 탐험가 마젤란이 1521년에 만든 십자가가 보관된 곳으로, 마젤란의 십자가는 1521년 필리핀 최초로 그리스도교 세례를 받은 세부의 추장 '라자 후마본'과 그 일족의 세례식을 기념하기 위해 제작되었다. 마젤란의 십자가가 보관되어있는 팔각정 천장에는 당시 세례를 받는 장면이 벽화로 그려져 있다.

*페르난도 마젤란(1480~1521, 포루투갈 출신 항해가, 탐험가, 1521년 4월 7일에 세부 항에 입항. 필리핀 막탄 섬 부족장 라푸라푸에 의해 살해당함. 그가 죽은 자리에 막탄 사원Mactan Shrine이 있음.) 이 1521년에 세부 바닷가에 나무로 높이 3미터 정도의 십자가를 세웠으나 그것이 오늘날 이곳으로 옮겨져 새롭게 단장되어 있다. 이른바

'마젤란 십자가(Magellans's Cross)이다.

③산 페드로 요새(Fort San Pedro)*
A.Pigafetta, Cebu City. 07:00 ~ 19:00

세부 섬 항구 옆에 위치한 산 페드로 요새는 이슬람 등 외부 해적 세력의 침입을 막기 위해 1738년경 건축되었다. 이후 미국 식민지 시절에는 미군의 군 막사로 이용되었으며, 일본 식민지 시절에는 필리핀 포로군 수용소로도 이용되었다. 산 페드로 요새 내부에는 세부의 역사를 한눈에 볼 수 있는 작은 박물관도 마련되어 있다.

④탑스 힐(Busay Hills and Nivel Hills)
Lahug, Cebu City.

탑스 힐은 세부 시티를 한눈에 볼 수 있는 세부 최고의 전망대로 해질녘에는 세부의 멋진 선셋을 볼 수 있는 장소이다. 내부에는 간단한 식사를 할 수 있는 작은 레스토랑이 있다.

⑤레아 신전(Temple of Leah)
Roosevelt Street | Busay, Cebu City. 09:00 ~ 18:00

레아 신전은 '테오도리코'라는 사람이 아내인 레아를 위해 지은 건축물로 고대 그리스를 배경으로 만든 건축물이다. 레아 신전 광장에는 세부 시내를 한눈에 내려다볼 수 있는 공간이 마련되어 있어 전망을 보기 위해 방문하는 사람들이 많다.

⑥세부 도교사원(Taoist Temple)

Beverly Hills, Cebu City.

세부에 위치한 도교사원은 대부분의 사람이 천주교인 필리핀에서 매우 드물게 볼 수 있는 사원으로, 조경이 잘 되어있는 곳이다.

⑦세부 역사 기념비

Colon Street, Parian Plaza, Cebu City.

1997년에 축조된 세부 역사 기념비는 세부의 역사적인 사건을 기념비로 만들어 놓은 것으로, 동, 철, 콘크리트를 사용하여 만들어졌다. 스페인의 탐험가 페르난드 마젤란과 막탄 전투에서 마젤란을 죽인 필리핀 영웅 라푸라푸 그리고 전투 장면을 묘사한 조각상을 볼 수 있다. 이 외에도 필리핀의 대표 독립운동가인 호세 리잘의 이야기를 담은 조각상, 세부에서 가장 유명한 성당인 산토니뇨 성당 조각상과 산토니뇨를 기념하기 위해 시작된 세부의 대표 축제인 시눌룩 축제의 모습을 묘사한 조각상 등을 볼 수 있다.

⑧세부 주 청사, 세부 프로빈셜 캐피톨

Osmena Boulevard, Cebu City. 10:00 – 17:00

세부 주지사의 집무실이 있는 세부 주 청사는 조경이 잘 되어 있고, 내부가 아름답게 잘 꾸며져 있다. 내부에 있는 작은 박물관에는 역대 세부 주요 정치가들과 기념품들이 전시되어 있다.

⑨막탄 쉬린(Mactan Shrine)*

Lapu-lapu city.

막탄 전투가 있었던 마젤란 만 바로 앞에 위치한 막탄 쉬린은 역사적인 명소로 200m 높이의 라푸라푸 왕의 대형 동상과 마젤란 기념비가 있는 곳이다.

⑩카와산 캐니어닝

Badian 6021, Cebu, Philippines. 09:00 – 16:00

카와산(Kawasan)은 세계 3대 캐니어닝 스팟으로 유명한 곳으로, 카와산 협곡을 따라 흐르는 옥빛의 물에서 수영하고 절벽 다이빙과 워터 슬라이드를 즐기는 스릴 넘치는 캐니어닝(canyoning:가파른 암벽이 있는 계곡 아래의 급류·폭포를 따라 걷거나 수영하는 산악 스포츠)을 할 수 있다.

⑪ 모알보알 섬(Moalboal Island)

'거북이 알'이라는 뜻의 모알보알 섬은 어마어마한 규모의 정어리 떼를 볼 수 있는 세부 대표 다이빙 명소이다. 막탄-세부 공항에서 차로 약 2시간 30분 정도 거리에 있으며 다양한 다이브 숍이 있다.

⑫ 힐루뚱안 섬(Hilutungan Island)

힐루뚱안 섬은 바다의 깊이가 깊고 물이 맑아서 스노클링을 즐기기에 좋은 섬이다.

⑬ 오슬롭(Oslob) 고래상어 워칭 투어
06:00 ~ 12:30

세부 오슬롭은 막탄 섬 남쪽 끝자락에 위치한 한적한 어촌마을로 몸통 길이 12~18m, 몸무게 15~20톤에 달하는 고래상어를 볼 수 있는 곳이다. 고래상어는 거대한 몸집과는 달리 주로 플랑크톤, 오징어, 작은 물고기 등을 주식으로 하고 매우 온순하기 때문에 오슬롭에서 고래상어와 함께 수영할 수 있다.

⑭ 수보 박물관(Museo Sugbo)*
-Cebu Provincial Museum

세부의 수보 박물관은 세부 역사와 문화의 보고이다. 수보 박물관은 높은 산호석 벽으로 둘러싸인 전 스페인 감옥 안에 있다. 전 스페인 감옥은 2004년까지 세부 지역 재활센터(CPDR)로 활용되었으며, 건물 재활용 규정에 의해 현재와 같은 세부 지역 문화와 역사의 중심지로 탈바꿈하였다. 스페인 통치 시절 건축물을 한 자리에서 관람할 수 있는 수보 박물관은 12개의 갤러리가 산호석과 석회 모르타르로 만든 여섯 개의 건물들로 나뉘어 있다. 1871년부터 1891년에 걸쳐 건설된 박물관 건물들은 세부의 독신 건축 설계사 돈 도밍고 디 에스콜드릴라스에 의해 설계되어 비사야스 지역 교도소로 사용되었으며, 후에 세부지역 교도소(The Cebu Provincial Jail)로 개명되었다. 총 12개 중 여섯 개의 갤러리에서는 세부의 선사시대부터 역사를 고스란히 전시하고 있으며, 잘 보존된 제2차 세계대전 물품들과 전후 기념물들도 함께 갤러리를 채우고 있다.

⑮ 카사 고로드로 박물관(Casa Gorordo Museum)

이 박물관은 세부 최초의 필리핀 추기경인 주안고로르도(1962-1934)의 자택이다. 현재 Aboitiz 재단이 관리하고 있는 이 주택은 19세기의 품위 있는 생활을 보여주는 주택 박물관으로 복원되었다. 도시 중심 로페즈 자에나가에 위치하며, 과거 세부에서 사용했던 도자기와 의류 사진들을 전시하고 있다.

⑯콜론街(Colon Street)

필리핀에서 가장 오래된 이 거리는 미구엘 로페즈 데 레가즈피 시대에 스페인 사람들에 의해 만들어졌다. 크리스토퍼 콜럼버스의 이름을 따서 명명되었으며, 이 거리는 현재 소매상들이 밀집해 있는 Parian District 로 유명하다.

⑰기타 Macon Island : Lapu-Lapu Monument, Magellan's Marker

12. 보홀(Bohol)에 관하여

필리핀의 수도 마닐라에서 정남쪽으로 700킬로미터, 막탄섬에서 동남쪽으로 70킬로미터 떨어져 있는 섬으로 비사야 중앙에 있으며, 필리핀에서 열 번째로 크다. 사면이 섬으로 둘러싸여 있기에 폭우 태풍 등의 영향을 적게 받는다. 남쪽으로는 보홀해를 경계로 민다나오와 이웃하고, 동쪽으로는 카니가오 수협을 경계로 레이테섬과 이웃하며, 북쪽으로는 코모츠해를 중심으로 코모츠 섬과 경계를 이루고, 세부와는 보홀해협을 경계로 나누어져 있다. 타원형의 이 섬은, 열대의 자연이 그대로 보존되어 있고, 연평균 기온이 27.8도이다. 발리카삭 섬은 다이빙 포인트로 유명하고, 카빌라오는 귀상어로 유명하다. 관광할 만한 곳으로는, 아래와 같다.

① 초콜릿 언덕

탁빌라란 시에서 약 55킬로미터 떨어져 있고, 그 모양이 일정하고 높이가 대부분 30~50미터 정도인 구릉 1,268개가 모여 있다. 이곳은 초원으로 덮여 있으나 건기가 끝날 때쯤이면 초콜릿 색인 갈색으로 변하기에 '초콜릿 언덕'으로 그 이름이 붙여졌다. 현재는 구릉 2개가 개발되어 그 정상에는 숙박시설과 전망대 등이 있다.

② 필리핀 안경원숭이(Philippine Tarsier)

세계에서 가장 작은 영장류로서 4~5인치 길이의 야행성 원숭이로 몸보다 긴 꼬리가 특징이다. 탁발라란 시에서 10킬로미터 떨어져 있는 코렐라 마을에 있는 야생동물 보호구역 내 자연 서식지에서 볼 수 있다.

③ 심플리나비보호센타(Simply Butterflies Conservation Center)

보홀섬 110종의 다양한 나비들을 관찰할 수 있고, 안내원의 설명을 들 수 있다.

④보홀의 유명한 교회

바클레욘 교회(Baclayon Church, 1927년 완공 석조건물), 다우이스 교회(Dauis Church), 로복교회(Loboc Church) 등이 있다.

⑤푼타크루즈 감시탑(Punta Cruz Watchtower)

1796년경 스페인 정복자들에 의해 세워진 이슬람교 해적 감시탑으로, 보홀의 마리보족 마을에 있다.

⑥보홀 박물관(Bohol Museum)

필리핀 공화국의 네 번째 대통령이며, 보홀이 배출한 가장 유명한 정치인 카롤로스 P. 가르시아 자택을 개조하여 보홀의 과거 현재 미래 모습을 한눈에 볼 수 있게 꾸며 놓음. 대통령과 그 가족 기록과 유물 그리고 보홀 해변에서 수집된 조개 껍질 등이 전시되어 있다.

⑦맹그로브 숲(Mangrove Forests), 동굴(Cave), 다양한 해변(Beach)을 자랑한다.

맹그로브 숲으로는 보홀의 북동부 바나콘 섬과 탁발라란 시에서 92킬로미터 떨어진 캔디제이(Candijay) 맹그로브 숲이 유명하다. 그리고 동굴로는 엔티케라 마을에 있는 Hagakgak 동굴이 있고, 다나오에 있는 프란시스코 다고호이 동굴*이 있다. 특히, 후자는 1744년부터 1829년까지 스페인에 대항한 애국 반란군 시기에 다고호이 병사들이 본부로 사용되었다고 전해진다. 가장 큰 동굴로는 엘리시아에서 발견된 수드론 동굴이다. 수많은 박쥐와 석회석과 안산암 등을 관찰할 수 있다. 그리고 비치로는 안다 비치, 알로나 비치, 알 레자완 비치 발바란 비치, 비키니 비치, 두말루안 비치 등이 있는데 우리는 가장 아름다운 알로나 비치에 머물게 된다.

⑧보홀에서 관광은 무엇보다 '호핑투어(hopping tour)'*를 빼놓을 수 없다. 배를 타고 나가 여러 곳을 돌아다니며 바닷속 생태환경과 아름다운 섬 외관 풍경 등을 유람하는 여행이다. 스노클링(snorkeling)과 스쿠버 다이빙(scuba diving) 등을 통해서 수중세계를 들여다보며, 거북이 산호초 기타 해양생물 등을 구경한다.

7,107개의 섬으로 이루어진 섬나라 필리핀에서 10번째로 큰 섬인 보홀(Bohol). 보홀은 세부와 함께 필리핀의 대표 여행지로 손꼽히는 곳 중 하나이다. 2019년 5월 기준 인천-보홀 팡라오 섬 구간을 운항하는 직항 항공편이 없기 때문에 세부에서 페리를 타고 이동해야 하며, 소요시간은 약 2시간이다. 보홀의 대표 여행명소로는 키세스 초콜릿 모양의 언덕 1,200여 개가 장관을 이루는 초콜릿 힐, 뛰어난 수중 환경을 자랑하는 다이버의 성지 발리카삭 아일랜드, 유명 이온음료 CF에 낙원처럼 등장한 맑고 깨끗한 섬 버진아일랜드, 강 주변의 울창한 열대

우림으로 인하여 보홀의 아마존이라 불리는 로복강 등이 있다. 또한, 보홀에서만 서식한다는 세계에서 가장 작은 영장류인 안경원숭이 타르시어를 보는 것도 놓쳐서는 안 될 중요한 여행 포인트이다. 보홀의 대자연을 만끽했다면, 유기농 재료들을 사용해서 만든 건강한 요리를 판매하는 비팜 버즈 레스토랑에서 맛있는 식사를 해보는 것도 좋다.

[자료조사]

① 필리핀 관광청 한국사무소에서 발행한 소책자 8권

② Just go 필리핀

③ Lonely planet Philippines

④ 기타 인터넷 정보

동방의 진주, 필리핀

2631 '막탄-세부-보홀' 5박 7일 여행기

초판인쇄 2024년 02월 28일 **초판발행** 2024년 03월 05일

지은이 **이시환**
펴낸이 **이혜숙**   펴낸곳 **신세림출판사**
등록일 **1991년 12월 24일 제2-1298호**

04559 서울특별시 중구 퇴계로49길 14,
　　충무로엘크루메트로시티2차 1동 720호
전화 **02-2264-1972**   팩스 **02-2264-1973**
E-mail : shinselim72@hanmail.net

정가 **25,000원**

ISBN 978-89-5800-272-7, 03810